U0729903

天际流

叶德庆　著

SPM 南方传媒　花城出版社

中国·广州

图书在版编目（ＣＩＰ）数据

天际流 / 叶德庆著. -- 广州 : 花城出版社,
2023.8
ISBN 978-7-5360-9925-8

Ⅰ. ①天… Ⅱ. ①叶… Ⅲ. ①诗集－中国－当代
Ⅳ. ①I227

中国国家版本馆CIP数据核字(2023)第142888号

书名题字：莫　言

出 版 人：张　懿
责任编辑：揭莉琳
责任校对：袁君英　李道学
技术编辑：凌春梅
封面设计：庄海萌
插　　画：叶德庆

书　　名　天际流
　　　　　TIANJI LIU
出版发行　花城出版社
　　　　　（广州市环市东路水荫路 11 号）
经　　销　全国新华书店
印　　刷　深圳市福圣印刷有限公司
　　　　　（深圳市龙华区龙华街道龙苑大道联华工业区）
开　　本　880 毫米 ×1230 毫米　32 开
印　　张　13.5　2 插页
字　　数　152,000 字
版　　次　2023 年 8 月第 1 版　2023 年 8 月第 1 次印刷
定　　价　85.00 元

如发现印装质量问题，请直接与印刷厂联系调换。
购书热线：020-37604658　37602954
花城出版社网站：http://www.fcph.com.cn

目　录

不是所有的流水都归于大海（组诗）

东流去

一条河流的长度约等于
一个人一生的长度
石头和水草如此柔顺
只有来自上游的压力
一生往低处走

不是所有的流水都归于大海，有的归植物
有的归云朵，有的归禅院的莲池
不是所有的水顺流而下，每一朵浪花
有粉身碎骨的经历

说起岸边的事物，河流拥有的只能是
自身的清白
所有的河流有一个驾驭纸船的梦想
在一个无法水滴石穿的地方
河流向北，绕道而行
东流去
妥协是河流一生的大事

沉默

此刻不适合抚摸，水略咸

风一吹，伤口遇上一层薄薄的盐

途经千山万水而来的沙粒和水滴

在沉默中

不适合久留，倒影使本来清亮的地方变黑

自然界有些氤氲处人类不宜介入太深

海鸥从里面飞出来的时候长吐一口气

几个小时后，头发湿湿的，纠缠不清

有些地方只适合知道

一些自然现象是苍天的符号或者玄学

所有的美学都是不会发声的镜子

镜面上的日月如柱

原来穹顶在此

水是一路争论而来的，没有结果

有些伤口一直没有结痂

不要渲染无意识幻术，不要说穿慈悲

上游的事物总是经过很久才产生抵达之美

原本想拾一些贝壳，与沙滩比心

都是一厢情愿的杂念

淤泥与驳船，不甚浪漫

上善若水，九九八十一难的解脱之后

见到般若

万古愁

长江口的水没有入海流，上天去了
白茫茫一片悬在天水一线的万古愁

这些符合母亲传统观念中的意象群
江水没有发生意外，万物归于苍天

一枝低矮的芦苇在水面上是伟大的
一棵水杉兀立在泥土中是挺拔的

冬天，这是一对夫妻的晚年生活吗
可以听见流水亢奋的声音有些哽咽

一滴水还在芦苇的怀抱中，摇啊摇
一窝鸟巢半倾在杉树细小的枝丫间

长江口不是没有风光，无风三尺浪
遥远处的海轮仿佛从地球之巅经过

曾经的荒滩有一所简易的江口小学

一群出海未归的人落下女人和子女

总有一些不知名的鸟从海那边飞来
鸣叫声有一部分与游子相似的语言

站在长江口的人一直站在风口浪尖
有些记忆留不住，有些又时过境迁

水滴石穿抵不过一根羽毛划破长空
纸鸢飞啊飞，无法长出海鸥的翅膀

长江口的波涛起伏不定，依依惜别
茫茫荡荡，每一朵浪花都是万古愁

无常

防浪堤是水泥浇灌的，万物亡于非命
那些跑得快的芦苇和杉树，活在水中

波涛拍岸，企图收回失去多时的领地
天水一线，一艘货轮在出海口如蚂蚁

潮汐是规律的，但每年有人被浪卷走
轮渡有时刻表，总有人在甲板上叫停

丁坝是一道古老的防浪堤，肉身于此
像一位剃度的僧人云游到此，衣青色

长江口啊，不是没有忧伤，日出月升
我的母亲在长江中游守着我逆流归来

天际流

长江口的历史，一边在吴，一边在越
楚灭越，又击退吴，如今偏安赤壁
已无冤仇。吴越云淡，薄情名利
江底的沉船百孔千疮
因为认证一把泥土，我弯下了腰
一指深能摸到水脉和芦苇的盘根错节
指缝中的黑土已经不像中游的黄泥
更没有蜀国石头的气节
芦叶一吹就破，芦花一摇就落
早春二月，一江春水
早熟的蜻蜓点一下走了

长江口

长江口，阳光很冷

八千里路云和月，付诸东流

江山到此，流浪在外的是蓝色的裙摆

可以理解，唯有长江天际流

是这样来的

一群蟹藏在石头下

营造自己的水晶宫

一队蝼蚁在失去山川的朽木中

把腐朽经营成它们的饕餮大餐

水杉上的鸟巢是简装修的

我听捕鱼的人讲洄游鱼的故事

到不了的大海

回不去的故乡

老天

老天住在山上，种野菜，种石头

开凿河流，在天空中放飞各种鸟

在森林里喂养动物，养农夫

穿布衣布鞋，戴草帽

讲农夫与蛇的故事

派牛来干农活，派鸡鸭为农夫的

妻儿果腹，摘棉花织衣

老天让人间分四季

让河流分南北

人分好坏

归宿

我不许愿，所以不还愿

但寺庙依然是我经常去的地方

即使人在家中，心亦住在睡过的僧房

寺庙里的一棵樱花，一半倾斜在墙外

风起的时候，大半的花朵也落在墙外

根在寺庙里

扫帚僧扫地上的落花

不问墙外的事

我渴望和这些获救的落花一样

虽然还不能确定是在墙里还是墙外

如果在墙里，和香火一起焚了吧

如果在墙外，正好一条河

落花与流水，去吧

我爱上河谷中萤火虫散步式的生活

在山里，我是一个多余的词
溪流喂饱土地、植物和一匹枣红色的马之后
成为唯一走出大山的事物

在山里，我的眼睛是多余的
所有动物的眼睛是忧郁和恐惧的
草药藏在最深的地方，没有事物与我对视
这里没有寺庙，没有进山的僧人
何人到这里种的红薯？比种红薯的人还孤独
我注意到在山里耳朵的作用大于其他的器官
山里的恐惧是人间的一千倍

不要轻易在峡谷中宿营，帐篷不要搭在河谷旁
宁可筑屋在悬崖的一半
山洪经常在下半夜暴发
养蜂的人第二年上山的时候，一无所有
只有动物早早逃亡在山坡上
那些棕色或黑色的眼睛，数不清的忧伤
我爱上河谷中萤火虫散步式的生活

荒年

我活了这么久，没有荒年

父亲撒手那年，腌了一刀腊肉

一坛子咸萝卜。算是祖传

今冬，长江的水见底

江南不肯下雪，农作物歉收

城里的人不懂，天上下来的都是金子

我为什么经常去人烟稀少的地方

供养僧人和香火

与老天交换粮食

一路上，蜜蜂多情，油菜花容易怀孕

虽无荒年，但也荒废了一些田地

想起刚刚收养的一顷茶树

顿生苍凉，又多了一座荒山

怅然说

想来伤心。落日晚风
梅花大器晚成，老竹保持晚节
而我如流水，始终不器

曾经半饥半饱，半衣半寒
父亲在天堂，老母亲还在人间受苦

戒烟，不嗜酒
手无寸铁，撑着一根坏了的腰椎骨
妥协吧，人生
话未出口，又收回来了

不成器。常常聊以自慰
君子不器

遇见贵人，交友不慎
一进一出，人生打个平手

一直使用一把牛角梳子

青丝变白发，披肩至荒芜

此物形骸还在，放浪全无

此君藏器于身

观音寺河

如果想了解一条河流

去找这条河流的母亲

冬天的观音寺河回到山里

那个搓衣淘米的人

走到河床的一半

那里有一块露出肩膀的石头

弯腰，摆动，起伏

一只木盆在水中打转

洄游的鱼已经长成中年的腰身

再往山里去是溪水

观音寺河的上游

石头一辈子没有走出大山

还有嫁到山里走不出来的女人

草木之间，隔着一些悲悯

寂静是平等的

月光灰白，观音寺河的水

是从天上来的

2021.4.10

在时间的边缘（组诗）

落日

在时间的边缘，落日慢慢地呼吸
一个面对落日的人，没有敌意

我是来看日出的，但是必须经过落日
我抵达在落日的对立面
这里的天黑需要很长时间

与日出相比，我是一个适合落日的人
我想形容永恒的时候，万物归于沉寂

蝴蝶结

溪水读到经书中被放逐的一段
石头把月光打成一个蒲团
一只蝴蝶垂下袈裟
天色已晚。不利于肉身上山

这是一段形而上的描述
石头的文身。终于可以在悲悯中
洗一洗。蝴蝶的成色
是否需要用另一段往事补记？

它是如何活在一块石头中的
此刻，我想象石头对于我的冰凉
以及对于蝴蝶的无微不至

溪水被放逐出山之后
天蒙蒙亮，好看的蝴蝶
呼吸了一下新鲜空气
石头继续文身，我的手臂一痛再痛

简单的日子

围着蜂窝煤炉取暖是年少时候的事
借着火塘木炭的微微亮光
遇见菩萨心肠的人

我隐于人间，这两年，
又隐于乡野，过简单的日子
每月一袋大洋的租金
认识了几种菜、几类鱼
白鹭追逐耕机。吃泥土中的活虫
把自己养得白胖

小隐的儿戏，玩一阵子够了
从庙堂里走出来的人，灵魂无羁
每日买菜、做饭、洗衣服、想母亲、写诗
日出我出，日落我归

时间的俘虏

两只鸳鸯在水中失去清白
几枝莲蓬从时间里解放出来
池塘一分为二，中间的青石板路
比两千年前薄了不少

刚刚入秋，便有人拿着竹竿或树枝
勾引出自污泥而不染的莲蓬
红花是一瓣一瓣地飘落的
嫩黄的芯子已经是垂老的褐色
蜻蜓比水面高一点点，一片荷叶
身体倦怠，极其自卑地走完一生
荷秆上的小刺，也是一种教育方式

又是一年，鸳鸯大了，有了孩子
清白不清白已经没有什么意义
落在荷叶上的雨打落另一场雨
还有一些潜台词，在不远处的禅院里

蔷薇与晚霞

六月初，蔷薇和晚霞
已经不谈年轻时的事

蔷薇的凋零在意料之中，太多了
就不甚美，不珍惜
更多的晚霞，在蔷薇的另一端
越开越多。哲学渗透其中

蔷薇的刺老了，蜇人
蜇迟到的雨滴
晚霞越来越收敛
因为遥远而忽略了伤害

蔷薇终于没有等来一场雨
晚霞却是在一场雨后化为布道的彩虹

山里没有乡愁

客栈的窗外悬挂着一轮大月亮
河水的声音缓和，在山中
过着日夜流淌的生活。入乡随俗
我在适应竹林背后不一样的空气

不是隐归。住客栈的都是过客
鸡叫之后是鸟鸣，接下来是犬吠
禽与兽在山中，各有不同的时辰

将深居简出数日，访层峦叠嶂
山路十八弯、古茶树的主人
不数星星，也不问月亮
打着赤脚和村民一起过河
背在背上过河是历史故事
爱情易失传，山里还保存了一些

有人在出售新鲜的山货
山里的方言，山里的名称
山里没有乡愁，屋檐下的锄头、草帽，
还有鸟窝，每一样东西都有家可归

月光与海棠

当目光与今晚的月光相视
不禁莞尔一笑，想必有见面的人
也是这样的。笑过之后
月光落在海棠上

半月未见，月光古典了许多
而海棠半辈子，还是那样年轻

我们就这样，打着哑语
月光和海棠落在地上

另一部分海棠还守在树上
那是留给明天的月光
如果我明天还来，就是留给我的

水墨画

好久没有画画了

狼毫紧紧地抱在一起，害怕我

再次把它们投入到黑暗之中

好久没有研墨了

…………

我画过黑牡丹、黑蝴蝶、黑猫

原谅我，那些白色的事物

白云、白鹭、白天鹅，我

只能画出阴影部分

和一部分褶皱

我的狼毫是白色的

宣纸也算是白色的

唯有我的语言是黑色的

萤火虫点亮的乡道

我沿着荒芜的乡道行走
地图上剩下一根飘起来的白线

乡道刚好两个车轮的距离
不担心对面有车过来
那是一条一去不返的路

有风吹过。乡道上又多了两颗星星
在一望无垠的天地间起伏不定
地图上的白线越来越细

天黑以后，过山村，三五户人家
地图上找不到名称和地址，不见人影

一条乡道，此乡到彼乡
一块界碑，送我到此为止

2021.4.15

棋士之间有一些神秘的对话（组诗）

1

黑白之间，棋者，人生也
狭路相逢勇者胜，智者
四两拨千斤。有时候一场大雨
毁了一盘好棋。经常有人
在昏暗的路灯下捉对厮杀
最后一盘棋，总是输给时间
落子的声音反映深思熟虑
有的人走一步算一步
有的人走一步看三步，一生
在算计别人。还有人少年老成
不允许自己出错，等待
对方出错。棋场
是个险恶的地方。先声夺人
还是后发制人，风格决定命运

2

最担心的是扑朔迷离

无法吃掉对手，僵持阶段

所有的观众都是裁判

等到复盘的时候，才发现

走了一着昏招，对手也没有抓住

漏洞。好险啊！仰望天空

吸一口氧

生活就是这样，无巧不成书

漫不经心的一步，或者改变人生

棋者，没有常胜将军

有人输了一辈子，偶尔得手

3

有的人糊里糊涂地输了，有的人
复盘，弄得明明白白
有些失误是可以避免的
有的时候故意输几着，给对手
一点点面子和自信。孤独求败
可遇不可求。古人称之为弈
后来作为宫中的游戏
被文人墨客列入琴棋书画中
顿时高大起来。如果发明者尧帝
知道了，如何回答臣民
走棋的地方不方便，内急
由人代走几步，不小心
改变了结局，再回来时
无意中连庄或者出局

4

棋士之间有一些神秘的对话

明修栈道，暗度陈仓

围魏救赵，声东击西

所有的胜利都建立在对手的失误上

所有的失误都是因为贪婪

勇敢与胆怯

美德与罪孽

如何控制外部的嘈杂与内心的

孤独？有些对白一语成谶

大意失荆州

偷鸡不成蚀把米。言多必失

棋者在虚拟的两个阵营里你死我活

然后，互相递上一支香烟，大度

一定要先为对方点上烟

5

棋逢对手是一件很难的事

三板斧和杀手锏，无身体对抗

反而逼真。毕，行君子之礼

登大雅之堂，礼仪邦交

不妨性别之战

小而美的棋子，落子的声音

每一步都含着对空气的理解

有时候像星空倒挂在地上

由人类任意围猎。如何布局

如何收官？需要一盘活棋

有人偷偷打别人的棋谱

先手还是后手，有意思的是棋品

从一品到九品的名称，入神、

坐照、具体、通幽、用智

小巧、斗力、若愚、守拙

6

弈，是围棋的曾用名

十岁的神童是天才的弈星

他已经很少回到这座城市

他已经属于大唐或宋

代表尧的后裔，与邻国博弈

如果神童不遇见忍者

仍然是一位沉默寡言的少年

黑白之间，偶然泄露的天机

微胖，端端正正的

似一尊活佛

每一次投子，充满灵性

与天外飞来的灵气

神童出走的第二天，摆棋摊的地方

多了许多传说，首先是忍者也一去不返

7

可以听见棋子的呼吸

而输掉的一方正所谓英雄气短

少了一个气眼

相持阶段，一个额头沁着汗珠的

虚空，摇一摇随身的折叠扇

小心使用什么妖法

一个抽出白手绢，擦擦手心

魔术般地走出起死回生的一着

险棋。每一盘棋都有宿命

本该结束的，推迟到某年某月某日

再战。绝妙的是每一着

必须在规定的时间落子，否则

这一步判负，而往往劫后余生的

正是读秒阶段。也有人匆匆忙忙

因为一粒子的迟疑，万劫不复

8

一粒棋子，困在盒子里

无论多么黑或者多么白，幽暗光泽

是没有意义的。而棋盘

是等待发现的江山

中盘为山，兵家必争之地

山下为腹，高者在腹，忌受敌

而边角旮旯，正是战略星位

许多棋手，输在对边疆要塞的防守

被对手包围。一粒棋子

落在棋盘上，便有了一口仙气

黑白之道，一阴一阳

死活、厚薄、轻重、舍得

棋道无定式，有妙手，轻推慢拿

原来是道家的虚无缥缈

棋子越下越少

日子越过越薄

落子无悔，犹如进山的道人

光阴难返，一直与命运对局

9

一盘好棋，从来不是一上来

置对手于死地。而是像两个相爱的人

厮杀又厮守，什么时候

俘虏对方。纠缠不清

你一口气，我一口气地活着

有那么一两手石破天惊

成为经典

犹如恋爱中蒙住对方的眼睛

打开时，有一束盛开的百合

好棋不贪吃，懂得让步

不做填眼的棋子，那是吃软饭的人

没有价值

保持和棋子相处的时间。所有的棋子

都是人性化的，拟人的

所有的高手懂得止损，忍者放手

不博，也是一种博弈

没有人喜欢失败，没有人不曾失败

有时候，失手

不妨碍成为一盘好棋

10

生而平等。在盒子里时，所有的棋子

都是平等的，即使一分为二

有的半目制胜，有的导致失败

在棋盘上，有的棋子开始十分重要

后来可以让对手吃掉，弃子争先

有的看上去无关轻重，收官时

救了半壁江山

棋如人生，从无到有

由简入繁，借繁求简

在黑白对立中，寻找另一个自己

一个练习生死的过程

棋子的一生是悲悯的

一粒没有道理可讲的棋子

可以走出无解的好棋

棋有占领地盘的本能

否则就会被吃掉。你一步，我一步

你死我活，机会是平等的

11

逢危须弃，势孤取和

善败者不乱

相信人之初性本善

但总有意外发生的时候

不得不留后手

上兵伐谋，等待对手心情变坏

放出胜负手

这个时候，匠人和天才的唯一区别

一个在没有把握的时候进攻

一个在没有把握的时候让步

黑棋得角，白子得边

这是永远的经典。好的对局

被后人复盘，以另一种方式不朽

12

云谲波诡。在食指和中指的指尖

夹住棋子，轻轻放在棋盘的交叉点上

棋行天下，就是不停地选择

入界宜缓，以静制动

舍小救大，弃子求活

不奢望一击得逞

做一个收敛的走棋人，少露锋芒

有道家的仙气与风骨

偶尔掺杂一点点灵异与青云

黑白两色，在交叉点上，依次落子

吃与被吃，优雅地收拾地盘

有人干净利落

就有人举棋不定

石破天惊的一着，总是后手

行一棋不足以见智，那是

神来之笔

黑云压城，山雨欲来

棋盘、棋子、棋钟

不过是人生的道具

布局、中盘、终盘，一个完整的棋局

每一步都有计划

每一步都在计划之外，还有意外

本来旗鼓相当，一子不舍

丢了全局，投子认输吧

13

与其说等一个人来，走一盘棋

不如说守候另一个相爱相杀的自己

走完一生

执子之手，一个收拾残局

一个推盘，向时间认输

还是古人好，汉景帝在土陶棋盘上

与妃子玩物

西晋的权臣贾谧，与皇太子对弈

争强好胜，忘记君臣之分

被王室忌惮，埋下祸根

人啊！就是一粒棋子，走

不出自己，就落入俗套

把棋子走向纵深，但不要

出格，不要入戏太深

等一个棋逢对手的人，有时候

等不来

14

流落民间的棋，因为梁朝大文士沈约

一句话，文、义、棋、书

登上大雅之堂

唐宋宫廷中已有棋院与棋士

陪皇帝娱乐，考士族才艺

多像一位废太子收复江山

纵横捭阖，阡陌红尘

跃然纸上，又切莫当真

皇帝担心失去权力，妃子担心

失宠，棋手担心失手

于是，有了孤家寡人、心狠手辣

殚精竭虑，这样的字眼

以为战无不胜，输给了时光

以为倾城倾国，败给了新欢

胜券在握，怎么大意失荆州呢

棋啊！在忠堂兴风作浪

还是去民间吧，留下吴清源的名字

做个榜样

15

一位智者对阵少年棋手，抱拳让先

上手让子。棋盘上

有的棋活着，有的棋暂时活着

对于少年，这是一场命中注定的

失败的结局。冥冥之中

抽签是公平的

行棋有规，落子有道

子落棋盘，自有生命

先知死，后知活

围师必阙，智者每一次留给少年

一条生路

16

两位僧人在山门的石头上对局

步步为营。路过的秋雁乱了阵脚

天外飞仙啊！棋长一尺，无眼自活

天生定数，做个弱子生根

残子自活的人

或许在这盘棋上，早早是一粒弃子

在另外一盘棋上是胜负手

爱棋的白居易、欧阳修、苏轼、王维

几起几落

不过如此

有一缕月光足矣，两个僧人

摸得出黑白

17

窗外有雨，闲敲落子

那年烂柯山上，樵夫打柴

遇见两位神仙下棋，看棋入迷

回家时柴火腐朽

原来天上一日，人间已是五百年

这是民间故事。乾隆四年

两人对弈，半天不下一子

应子之后便去睡觉，成就了

当湖十局，仙风道骨

唐朝东都留守吕元膺

常和门客下棋，有一门客

偷一子，赢了。吕元膺

临终前，把此事告诉了儿子

……闲敲落子，雨过天晴

18

三尺之局兮

东邪西毒南帝北丐中神通

五人争夺一本《九阴真经》

是棋士还是玩家

棋从断处生

劫尽棋亡

《天龙八部》中，段誉背会六脉神剑

在棋盘中百思不得其解

乔峰从草根一路干到丐帮

帮主，打败的都是比自己强的对手

道非道，非常道

得理且饶人

得天寿

陈聚士卒兮

19

那个东阳女子娄逞

扮穿长衫的少年，束发为髻

云游天涯，寻访棋友

轰动京城。下棋赢了一官半职

被人识破女儿身

宋明帝惜才，免了欺君之罪

让她解官归家

后来才有懂棋的杨贵妃、李师师

历史上有文字记载的第一位女棋手

是汉高帝刘邦的女人戚夫人

比娄逞早六百年

可惜戚夫人下围棋，是宫斗

一种巫术

20

盘前无人，盘上有子。先生远行

寂寞的棋士，涉千江水月

山高路远，风不知道归途

夫人守住棋盘，一想到世间的黑白

驮在先生的肩上，空山烟雨

布衫裹不住灵魂

夫人的一半也跟着先生去了

是的，洞房是空的，下棋的地方

有先生坐过的褶

铜镜是空的，用先生送的手绢擦过

曾经擦过先生额上的汗珠

"先生，今夜无人替你宽衣

抱着宝剑睡吧。"

"夫人，我们来走一盘棋吧！"

星罗棋布

"我走东五南九路。"

"我应东五南十二路。"

先生每一步贴着夫人的棋子

夫人总是围着先生的星位

哦，原来是一场盲棋

21

棋士高僧，白头素棋

一群云坐在一棵松树上

一览众山小，所有的棋子走完了

棋士看见的是黑白

高僧在听行云与流水

有的棋子悬在半空

有的落在人间

仙境一日，万物百年

石头上刻的棋盘被风磨破了

一个是棋士，一个是高僧

一个是躯体，一个是灵魂

一个欠身行礼，一个鞠躬致敬

风卖力地行棋，风与风势均力敌

高僧早已经放弃了棋士的段位

对局是一种缘分。经常让山下上来的

香客，悔子

重新选择一次

只是高僧不苟言笑，让人忍俊不禁

22

在北宋，可以找到一盘封棋
后来，再也没有打开
一个叫李师师的女子，赢了
白金两千两，赢了燕青
输给了时间和香气

北宋之后不是没有好棋
是没有北宋的风
谈笑无鸿儒
尘封太久的棋，无法打开
甚至不知道下落

风是最好的酒
一只蝈蝈独饮月光
李师师有没有担心的时候
不得而知。与梁山好汉的棋局
明天再上山去
到处都有好色之徒
何况山上的英雄很久没有近女色

借棋做个说辞，石榴裙下

一堆散落的棋子

与虎谋皮，做一张棋盘是不是

太奢侈。风走漏了风声

封棋的那个夜晚，月黑风高

从此杳无音讯

有人在清明上河图上，看见

一个漂亮的女人和一个长辫子的小孩

下棋

2021.4.19

美如斯（组诗）

访千年古树群

九月的天总是高一些
深山在云的下面

一只自寻短见的青蛙
在水涧的石头下安排好自己的子女
跑到乡道上来，蹲着
挡住我的去路
耽误了几分钟

不知这只青蛙有何冤屈

千年古树群，像一群隐贤的乡绅
看我如何处理这件事情

我是一个浮躁的人
刚才上山的路上遇见一位僧人
驮着一大包衣钵
我停下车，打开车窗，想搭他上山
他摆摆手，算是谢绝

刚刚经过一个叫学堂的地方

对面有一个私塾的遗址

我说这些充满灵性的字眼

很容易和千年古树群套上近乎

千年古树群等了一千年

见面时一句话也没有说

原来，每棵树都隐身在我去的路上

山里风大

隐贤的消息来得很快

人生大别

秋分这天去大别山

可以说母语，草木皆懂

早晚凉，白天热

北边开始霜白

南边的落叶追风而去

大自然懂得轻描淡写

天高云淡

晚上月隐星疏

形单影只

大别山是个故事

河流往南北

山脉问东西

秋分这天，做一次人生大别

我去的地方是主峰白马尖

听说那里有一棵松叫矮人伞

很有意思的名字

是不是到了山顶，要

矮人一等

远走高飞

从来没有像现在这样渴望远行
鲜衣怒马，从容，且歌且行
去陈桥斟酌一二
与岁月杯酒释怀

我计划走水路，沿运河北上
天水一朝，一段宋的静好
泊瓜洲，渡口有不可言传的故事

算了算，到达北方可能已经
大雪，说书人围炉讲咸平之治

好长的水路，日头升到一竿高的时候
船工换过一根长篙

一只雁从北往南
泄露了赵匡胤与赵普雪夜之后
灭南平和楚，灭后蜀、南汉、南唐三国
从南到北

经常有人问我老家是什么地方
很突兀。楚早灭了
唐、宋、元、明、清、民国
算不算故乡

没有走出运河
不算走出故乡

船头上有秋水，解绳的人
和昨晚来接我的是同一个人
何时启程，皇历上的好日子还在后头
我想天亮就走

我关注过一棵石榴树三次

邻居家贴水，灰白的墙，上覆黑瓦

一棵石榴树，半隐在墙内

半倚在河边。邻居家，极少出入

是从外地来隐居的

可能无人

我认识这棵树的时候是冬天

除了几片没有落尽的败叶

还有一两颗瘦得皮包骨的石榴

枯枝上挂满冷风，据说，是一位先生

住在里面

有朋友自远方来，划船至

石榴树下的时候，正好花开

有几朵落在水面，有人触景生情

没有人修剪蓬勃的树枝

又到秋天，石榴压弯枝头

始终没有人摘

院墙外的人也摘不到

一天一天，听着秋风

把石榴吹老

风不识字也读书

房子是有故事的，南北通透
书房在南面，窗下和阳台是
读书处，两边整墙齐的书柜
新开了一间画室，在北边
冬天画画会不会手冷
安排这些事的时候，可以
从中找到母语和词根

我站在画室，确实
秋天在北边，夕阳西下
画架温和起来，天色一边挥手
一边拉开
夜幔

在书架上摆了几把紫砂壶
几包茶叶
那些书本中的人物有一些是喜欢
喝茶的。还有围棋、象棋，
一副缺子的军棋

几枚硬币

画桌上有一头牛，有所隐喻

有一尊金菩萨，尼泊尔的
一尊铜菩萨，藏传
隐于市

我经常坐在北边的椅子上
剪指甲。然后把为数不多的指甲屑
包在纸里，放一段时间
孝之始也

香炉里的灰满了，拿纸包好
找个地方，好好埋着

有时候，倚着回忆打瞌睡
发呆是另外一种睡眠状态
胡须始终在生长

风不识字也读书
遗憾的是，我打碎了一只貔貅

神兽肚子里空空的

也不知道饿了多久

生辰不详，卒于2021年

君子不器

天太高，云和雨分不清楚

雁阵借着气流南下

和我同居的一只葫芦

在屋檐下，镇邪

门牌上2-22几个舶来品

阿拉伯字

沾满灰尘

我叹了一口气，无吹灰之力

长袖善舞的草叶集

出版在春天

用秋色做了封底

如期去三秦

蜀道难，我取道青天

戒烟七年，痒啊

在火锅中加几根折断的罂粟秆

和几片完整的叶

一想到充满野性的花就上瘾

我在江南，君子不器

才子佳人，居有竹

飞蛾记

是夜，一只飞蛾入室
准备扑火。这里没有华丽的照明
只有一盏旧白炽灯

飞蛾在一张旧报纸上
产下一群孩子

卧蚕不知道茧缚
蛹不懂得蛾的高度

秋风萧瑟，飞蛾入室
发现早已经没有前朝的烛火
淘汰的白炽灯钨丝断了几次

但，还是有一些旧事如初
读书的人青丝变成白发
多了一副老花眼镜
岁月改变命运

我还是挽留飞蛾

躲过外面的秋雨

飞蛾借宿一夜

冒险与飞蛾玩类似猫捉老鼠的游戏

等我找到飞蛾的时候

飞蛾趴在玻璃上睡着了

像极了我趴在床上张开翅膀的样子

美如斯

我画了八位僧人，身披袈裟
推开风，沿着山路，走在钛白
黑色和紫色混搭的石块上
这个色调有点冷
我有意把山门画在画框外
空门。白天和黑夜
僧人和俗家弟子，季节
可以自己进出。在画中
达不到隐喻的作用

石块是搬不动的
对垒的石块隔着山涧，无人探索
僧人们不打算征服什么

江山如画。僧人云游的地方
此刻静止在画中，山高
水长，都是有雾的地方
适合神仙居住
适合转世

八位修行的僧人

走在最前面的，画的是我最小的师弟

今年七岁，瘦小，单薄

走在后面的是大师父，稳重

本来应该是七个人，有一个胖胖的

是我。这是迟早的事

楚河汉界

楚河汉界，我被划分为南方人

老家被长江划开，一座城市
分为几个镇，我的性格偶尔
也会分裂

我更喜欢老家的山，流水薄情
山不走

江中有豚寻欢，山上的桃花洞
有白鹭求偶

江底有一条手腕粗的铁链
锁着三国的故事

老家的山不高，有神仙
一位道人，有缩骨术
睡在无水的缸中，真的永垂不朽

另一个山坳，有一间凉亭

有一个疯子，有一年大雪

冻死在这里。那个年代

老家唯一的变化是挂出了许多遗址

招牌，都是我小时候

打着赤膊，穿着一条蓝色橡皮筋短裤

乱跑的地方

如果有一天，我住过的旧居废墟上

挂个招牌

也不稀奇

对于大海，我一无所知

把手伸向大海的腹部，触摸
鲸鱼如文身在海的私密处

我左手戴着藏传的念珠
右手串着印传的佛珠
海太大，我罩不住
交给神灵

在距离公海二十海里的地方折返
有的地方不能去
但不妨碍我，放下一个漂流瓶

太阳一定会落在穹顶之下
那个海钓的人正好收竿

互不相识的两个人，从芦潮港
出海
又回到芦潮港

一转身，背后的灯塔老了
我买了几只横行的梭子蟹
海钓的人一言不发地拎着
鱼篓里的虚无

对于大海，我一无所知

壳

金蝉脱壳以后，没有什么内容
很难想象这里住过的灵魂
曾经热烈地歌唱过夏季

下塘街的一个老剃头匠
走了。很久，一件衣服还搭在椅子上
一把刮光头的刀在暗处割开一小块
光明

石缝中的小草毕其一生
寻找与花的幸福

忽然发现，一群蚂蚁像抬棺的人
举着昨晚脱壳的金蝉
去废墟那边

后来有人把剃头匠的衣服拿走了
说是烧给剃头匠

这一夜，我失眠了

还能念出这么多名字，蝉、灵魂

夏天、剃头匠

光明和小草

吴楚留香

在天堂寨门口，我突然决定
不上山了。所有的选择是可以溯源的

昨晚我在寨口借宿，万物皆安
吊锅的铁钩
在风中些微地晃动

不要再去打扰这个世界难得的
安宁了

自古以来，这里兵家必争，帝王巡幸
名人登临
不缺少我这样一个寒门

发现旁边草丛深处有一座老邮局
这么僻静的地方，已经十分神秘
还有更神秘的
需要寄到远方

听指示牌讲故事

这里的纸包着的是火种

在天堂寨的门口，我没有上山

最难的几十里山路我走完了

最后的一段路我没有走

大山与我，一个是四处漏风的

山崖和流水

一个是吴楚留香

海盐掠记

潮水遥远。海盐的滩涂上
唐宋元明清来过，早已经
没有痕迹。朋友不停地介绍
有一位小说家叫余华
我告诉朋友，他曾是海盐的一位牙医
与莫言在鲁迅文学院同室

我更早知道海盐是《搜神记》
有神的地方当然人杰地灵
藏龙卧虎。还有鬼、妖怪
杂糅佛道、民间传说

听说海盐上了年纪的人早晨四五点钟
吃烧酒，当地人叫吃早烧
我赶去的时候接近尾声，沟通太难
有自己的语言和文字，吴语
不会普通话。这样的宗亲会长久

我还不知道喝早酒是什么味道

老海盐人，抿嘴咂舌的样子

一边喝酒，一边望着海上赶路的云团

他乡遇故知

美酒河今年水浅
临河的吊脚楼很单薄
对面的摩崖上，有些隐忍很深的文字
白色的、褐色的、红色的
会飞
有的从很远的地方归来
这些灵魂傍晚回家

一只找不到母亲的鸟，从摩崖那边
借着灯光，飞到吊脚楼的檐下
一只鸟的命运是一个人一生的形容词

把夜光倒满吧
把河水隐藏在黑夜中的声音
表达出来，把山影移至杯中
山里的风雨，一会儿有，一会儿无
风雨会不会遇到旧故

他乡遇故知，宋朝人说话

文绉绉的

形容在异地他乡遇到自己的老乡

老乡拿了一瓶十五年陈酿的老酒

有什么隐喻

和我背井离乡的日子一样的漫长

黔北一日

紫云是黔北一个小山村的名字

牛肉有名。一年四季有围炉

经过马桑坪，由一种花的名字命名

繁花落尽，盐帮在这里不止千年

当年马夫扶着骡马走古罐子口

从四川翻山过来，再走水路

这些很小的山村是不是这些人种下的

抵达美酒河，顿时浮想联翩

再走一步是川域，是神仙居住的地方

不去了。天色渐晚，雾里看花

水中望月。两江村的灯火暧昧

山里传统的舞蹈和篝火一起

寂静的地方有昆虫闪光，还可以

闪光的是天上的星星和美酒河的水

好日子和苦日子在山里都很干净

一只脚站在四川，一只脚

在贵州的地盘上，摩崖连天

石刻是怎样刻上去的，是不是

真的有飞天

2021.4.25

人间炼狱充满凤凰涅槃的火焰（组诗）

1.古铜矿遗址

这里有铜，铜草花是预言家

无数的孔雀石呼吸东来的紫气

无师自通的炼铜术

灵感是否源于巫咒中的炼金

蚁穴般的矿坑中有比柴火易燃的蚁骨

贫穷是先知的寻铜人

失传的孔雀石在盗山者的家中开屏

已经更名叫艺术品

从此失去与铜矿石最贴身的忠诚

铜矿石在熔炉中修炼，孔雀石

在黑暗中怀抱着地底的蓝光

求雨的人在遗址上，自己挖铜

做自己的铜像

世界是一座空山

2. 铁厂旁的铁匠铺

中道的衰落终于落在铁匠铺

铁匠炉凉了，风箱进退两难

大锤歇了又歇

磨石欲言又止

喂入火塘的钢块，烧红以后

失去买家，已经凉透

一把斧子淬火以后

再也没有离开冷水

这把曾经斩钉截铁的斧子

蜷缩着刃口，抱着一堆炭灰

铁匠铺外的北风如刀

老铁匠好几次想把淬火的手艺

传给徒弟。淬火以后的钢铁更硬

也会更脆，容易变形。师徒俩的对话

被锤子和砧子说完了

每一句都溅起火星

刺啦，水中冒出热气

年轻人已经无心于传统

在一个睡过头的早晨

发现是头一天睡得太晚

他梦见下半辈子的自己

在师傅的地盘上开了一家小店

卖菜刀、斧子……配一台磨刀的机器

突然安静下来的生活

有点不习惯。铁匠没有等到衣锦还乡

徒弟的嘴巴比刀子还快

铁匠铺在铁厂旁开了三十年

每家每户都有老铁匠打的钢刀

现在用的都是徒弟卖的刀具

3. 水泥厂旧址

石灰岩上的土壤贫瘠，薄弱

但有一些杂树和野竹在夹缝中

生活，成年的蚂蚱在石头上等待新娘

从钢钎在石头上打孔的那一天开始

这样的生活画上句号

后石器时代，石头被磨成粉

无奈人类的手段

等不到地球爆炸那一天

一座山平掉了

南来北往的风迁徙他乡

一股山泉突然从石缝中蹿出来

险些酿成洪水。有些事情违背天意

石头一次次经过窑炉败走人类

又一次次发动地震，与人类相生相克

当石头研磨成灰，已经是最高境界的

隐忍

坚强的石头屈从于柔弱的水

在时间中，又站立起来

水泥是有灼伤力的

所谓的旧址，许多是废墟

4. 煤神

如果再拿生命做一次抵押

我选择到煤矿与煤神面谈一次

在井下，谈几万亿年前的事情

做一次地下的深度访谈

煤神在伸手不见五指的黑暗中辨认

我的身份，矿灯照着煤壁上的滴水

从煤层开始谈起吧，我的问话

从更深的巷子弹回来

借助通风机的肺活量，我下到井底

亿万年前的煤块蛋壳一般，一碰就破

我是坐井笼下来的，有古人的镐尖

发出求救信号，有充满敌意的塌方

煤矿是一部丰富的地质学，掏空历史

又把这座城市的地下掏空

我担心我的牙齿与牙齿碰撞出火花

我担心生气会引爆瓦斯

还是陪煤神坐一会儿，人间太冷

地面上的人正在为这个冬天发愁

5. 老码头

码头，风尘之地，不用借古喻今
因为扛码头的、坐渡船的、借宿的
这些人，多多少少，揣着一些银两
卖春与换春，解决人间寂寞

找个江面宽阔水势缓慢的地方
占水为王
借助岸上的碎石厂、炼铁厂、煤窑子
因势利导。垄断资源的事，自古有之

船坞被风浪冲垮几次
舵把子换成扛把子
风尘冲刷了几次，还是卷土重来
背叛与痴情，抵不过江南小曲与媚眼

祭天地，拜财神，重点是敬畏水神
焚香互拜，不同父母的异姓兄弟
义结金兰。忌讳的话不要说
打捞同类的事坚决不做

码头的规矩就是王法

不是每一条河流都适合做码头

南来北往的过客，南腔北调的试探

小二拎着先生的皮箱

江洋大盗扛着脑袋

不是每一个人都适合闯码头

没有两百斤的力气，吃不下三大碗饭

干不了三大碗酒，镇不住河妖

就像有的地方出贼，有的地方出瘪三

一个捞大票子，一个捡皮夹子

6. 翻砂厂的熔炉

翻砂厂的熔炉比铁匠炉晚一点出生

又早于炼钢炉，地位十分尴尬

全过程使用鼓风机，没有成为主流

焦炭替代煤块，接近原始的焚烧方式

解散一些顽固不化的事物

又把新的思维浇注在固定的模式里

没有人用人间炼狱这个词

形容炼铁的全过程

陈旧的东西总是相信不朽的存在

熔炉负责佐证物质不灭

从铸造农耕配件开始，到高贵的铜器

以及古今人物的塑身

熔炼的过程也是否定与肯定的过程

翻砂铸造是一部工业文明的矛盾论

这种化腐朽为神奇是需要氧气的

需要生命力，促进事物的氧化

物以类聚以及沉渣泛起

7. 怀旧的平炉

一座老式炼钢炉，用于怀旧

的容器；一把取样的勺子摆在炉台上

这个冬天，勺子里的钢水容易结冰

一直说把这段历史拆除

还是被时间保留

废墟或遗址，城市遗留的两种不同

价值观。还有炼钢炉的烟囱

作为曾经的城市标志，最高建筑物

那些借居在烟囱顶端多年的麻雀

的搬迁问题，和退休的炼钢工住房问

题，一样棘手

从炉前到炉后，绕着时间再走一遍

顿时失去四季，这里只有冬天

夏天的最后一炉钢水和最后一批

炼钢工，一起退休了

后代不用对着平炉致歉

把一顶白色的帽子和蓝色的镜片

端端正正地摆好就可以了

城市可以让遗址的占地再缩小一点

轻描淡写，一笔带过

二月刚过，麻雀又带来一群孩子

住在烟囱上

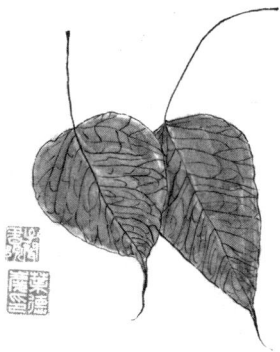

8. 江水谣

生于斯

我的故土矿物质丰富，流水可以淘金

我的身体里金属含量超标

俗物与生俱来

那一年乘船

船舷上多少离别的人

甲板上就有多少送行的人

有人流泪，有人忍不住流泪

老入异乡

水土不服

长江口的一滴水是我的祖籍

一粒尘埃是我的居住地

2021.5.7

我的屋檐矮小

我的屋檐矮小，悬挂一些农作物
去年的艾蒿像一位行走江湖的郎中
治疗慢热的病

即将五月，热烈的季节许多事物相逢
所以李白乘船下渝州

上游的水，性子急，川流不息
有些字句，不宜急就
毕竟一气呵成的好诗，可遇不可求

续命的事情不要草率。我的屋檐矮小
可以躲雨，还是进来坐一下的好
磨碎的艾蒿肤浅，可治陈年的伤

余生四舍五入，好似中药
没有一钱是枉然的
文火适合过夜，慢慢地熬

2021.5.9

每一块水田都是轻风物语

没有上水库，悬在头顶的东西有风险
山里的低谷，对于平原来的人
都是高处

蹲在梯田旁，看山崖上挤出的一点水
从牛踩烂的泥巴路流到水田里

水田中有小鱼，贫水中的蓝天与白云
另一头，插完秧的人拿着草帽
扇扇山风，树收起了伞
裤腿上的泥巴晒干了

我干脆脱下鞋，挽起裤腿
把双脚插进水田。人生总有一些
意想不到的插曲

一块水田到另一块水田
每一块水田都是轻风物语

山在背后，不断有风赶往山下

牛羊是路边草的天敌

镰刀悬挂在秋天

山有山的悲悯，给人留下了路

地有地的慈恩，给人留下水田

明清两代人在这山坳里留下一栋房子

十几亩地，一群山民

我路过此地，秧苗还不会说话

不认识我

秋季之前，我不会再回到这山里

与茁壮成长的秧苗注定只有一面之缘

2021.5.10

奔跑，是对雨的尊重

从柏油路到石板路
风雨飘摇，屋檐下的雨
更大
所有的门都关着

风把风吹翻了

这样的事情，小时候发生过
开始顶着书包奔跑
后来捂着书包奔跑
半路遇见撑着伞来接我的父亲
路口的屋檐下是一盏黄色的白炽灯
可以看见雨纷纷的样子

很久没有这样在雨中奔跑
这些雨已经不像我儿时的雨那么轻狂
甚至有些苍老，几分孤傲
我也不是从前的我，已经对天上来的

万物，有几分敬畏

奔跑，是对雨的尊重

2021.5.12

坐北朝南

木门半掩，屋檐下挂着一张蜘蛛网
另一扇门支撑着蜘蛛的家

台阶下有一张破旧的蜘蛛网
是蜘蛛转移后的废墟

今年雨大，蜘蛛来到人间
墙角和楼梯各住着两家蜘蛛
有时候云游半年回来一次

今天，一只蜘蛛爬到我的木窗上
搭了一间房子
从东边拉到南边，从南边拉到西边
坐北朝南

2021.5.16

与旧事告别

都是些鸡毛蒜皮的事，陈芝麻烂谷子
时间久了，内心多出一块杂物间
打扫过几次，不彻底；下决心拆除掉
有些东西又没有地方放；种过花草的
坛坛罐罐，早已经名存实亡

鸟飞走以后，鸟笼在黑暗中自甘堕落

尤其痛心的是一把吉他，弹了三天
再也没有抱起。后来的日子平淡
没有伤心的事，好像琴弦松了

老人留下的药还在布袋里，已经过期

一直睡眠不好，仿佛有东西压在胸口
原来是杂物间有一块大石头，泰山石
有些东西虽好，承担不起

我也是念旧的人，偶尔整理一下

都是过去的杰作。本来有一盏灯
白炽灯的钨丝断了，拉线也断了
这两年扔的旧物越来越多，横七竖八
堵在门口，积满灰尘

刚才叫了一位收垃圾的，全部拉走
准备将杂物间与阳台打通

2021.5.19

整理花园

花不是随便种的。有些花宁可生活
在荒郊野岭，种在花园里不肯开花

野雏菊和另外几棵不知名的花
应该是风带到花园的种子

但我种的一棵蜡梅从含苞到绽放
正好一个冬天；一棵含笑在春天里
开花；整整一个夏天
白兰花的清香沾在晾晒的薄衫上

秋天来了，我不种花
让花园荒芜起来
杂草中应该有小虫
每次推开木门
惊飞一群麻雀

2021.5.23

看海

经过一座只有一户人家的渔村
与正在漆船的人交谈了几句
低头猫腰，从一大片渔网下钻过
重重的鱼腥味

一个人站在海边是奢侈的
一只船在等待大海

我一只手拎着平头皮鞋
一只手在空中挥霍语言
沙滩毫不在意我的奔跑

已经不记得我在海岸上写过哪三个字
被海潮带走了

海有海的云淡风轻
我有我的轻描淡写

2021.5.25

我已经离开地球很久

我已经离开地球很久，逶迤的影子在高原上，留下岁月的
齿痕
所有的山都是奔跑的大海。色彩失去最初的光泽
还有一些河流、植物、禽兽和忧伤变成活着的化石
农作物工具和生儿育女的耕牛，像基因一样遗传下来
一只鸟每年写一本飞鸟集，草叶集是整体搬往山下的移民

一堆破碎的山河在一张画布上，一张画布在倾斜的画架中
画架在废墟里，落满灰尘
灰尘还没有完全覆盖山峰的意思，但已经填满白色的河流
山路上的人也可以扬起灰尘，漏雨的地方有赭色的泥泞
太阳不分昼夜地升起
炊烟袅袅，麦浪滚滚，青草、泥土和油彩的杂味流亡着个性

2021.5.26

紫砂

过吴越桥，山多起来

再往前，是丁山

那里有一片古代留下来的遗址

紫砂矿井。巉峻中的石洞

住过挖矿的人

这是个露天矿，我曾经下去过

紫色的矿层包围我

仿佛钻进古人的肚子

石洞狭窄，旁边隐约可见

一条贴着悬崖的路

古代矿工应该营养不良，身材瘦小

这次去山下的紫砂厂，陈列室里

有各种动物、植物、人物

各个朝代

东方的菩萨和西方的耶稣

莲花，十字架

同居一室

茶壶，水缸，酒杯，花盆，饭钵

大器，小皿

它们仿佛看透了我的心事

流露着各种表情

夕阳的余晖即将退出窗台

紫砂的影子回到器官中

一位老工匠如数家珍，梅兰竹菊、

琴棋书画，貂蝉、贵妃、昭君、西施

老工匠是这间陈列室的主人

我抱走一尊紫砂菩萨

过吴越桥，回平原去

2021.5.28

我种了几棵辣椒

巴掌大的地方，七八棵辣椒

一尺高；白花，小个子，辣

像一群结庐修行的人

借住在我的院子里

不下雨的时候，我经常从井里

施舍一些水给这些人

我把辣椒当作房客

它们也经常回报我一些辣椒

大雨过后，可以摘十几个

辣椒。如果几天没有雨

太阳落山之后，我从井里担上

两三桶水，拿街上铁匠敲的铁皮壶

浇水，第二天可以摘几个辣椒

这群人，更像是几位高手

隐姓埋名

身怀灵性

有时候我蹲下身子，告诉辣椒的
身世，来自阳雀湖畔
有一座寺庙，有僧俗弟子，沿着湖边
种辣椒，农禅双修

辣椒静静地听着，若有所思
叶子不易察觉地战栗一下
一朵辣椒花掉了
一斑阳光晃了一下我的眼睛

打开木门，有一阵风进来
辣椒望着门外
自从知道了自己的身世
辣椒更加沉默。已经入秋
到了闭关、隐身的时候

2021.5.29

白马尖

大别山一带的人称山顶为尖
白马尖没有白马，没有白雾
我没有登顶，没有骑马

歇一会儿，看见许多岩石
这么重的东西
爬这么高

盘踞已久的两只蝗虫
一只土色
一只绿色
这里除了云和山风
数飞禽最高

已是秋天，不去登顶是对的
两只蝗虫被我惊得跳了两下
比山还高

暮色出现的时候

万物顿失

我这样一个非黑即白的人，不好

少看很多风景

本来就是好玩的事，何必当真

从白马尖开始，往南是江

朝北为河

2021.6.1

道别

如你所愿，我将告别
这里。与蜡梅和含笑
白兰和金桂，依依惜别

与虚拟的菩萨
道别，还有难缠的小鬼

经过鱼和米的乡村
呼吸收割芦苇的草香
一年中总有这样几个清新的日子

晒网的渔夫在众多网眼中
发现破洞
三下两下，织梭飞一般地补上

今天早晨，白兰花开
借山，傍水
遇上了好人家

我换个地方

仍无出山的打算

秋赋

雨不是雨，阴冷

像烟又像雾，缭绕

人间不像人间，看不清楚

乡道上若隐若现白头偕老的人

老天每年都安排这样一场深秋

湖边有白浪，稻子等着

约定的太阳，收割

一粒谷子在田野中

小到可以忽略不计

有一天我珍惜地从饭桌上拈起来

谈起农作物

我推说眼睛不好，分不清

麦子和稻子

玉米和高粱

芦苇和荻长得比我还高

这么快就弯腰了

湖中的事物结束了水生物种的

雌雄之爱

船和岸的碰撞亦是前世的冤家

我托人打了一条小舢板

削了两把木桨

将秋天拴在树上

2021.6.7

梅渚行（四首）

隐梅

深秋，来宋遗址梅渚寻梅

土著人告诉我，梅在山里

雪也在山里，很多年前

不出山了

梅渚无梅

宋代名臣黄度从县城迁到此地

立黄氏始祖，百余家

仕宦不绝。好风水

种梅，聚落成片，故名梅渚

寻梅，明清和民国隐藏在村中

楼堂庙祠、天井厢房、

飞檐雕阁、窗棂屋台，唯不见梅

朋友说带我去花海找找

不去了，梅不会长在热闹的地方

改道去大佛寺寻梅

梅和佛住在一起

辟阖台门

小户人家，祖上积德，留下青瓦屋

两层的座楼侧厢，天井重檐

坐西朝东，中有石库门

悬"辟阖乾坤"四个大字

乡里人称这户人家"辟阖台门"

门口三丈处，有水塘

想必过去是世外桃源

妻妾成群，小姐丫鬟

有人梅花染唇，有人以泪洗面

给这房子起名字的先生

一定是位高人。"阖户谓之坤，

辟户谓之乾，一阖一辟谓之变，

往来不穷谓之通。"

此门一关一开，谓之一阖一辟

一乾一坤，阴阳交感，刚柔相摩

这些都是《易传》上

安排好的。内涵一屈一伸

小户人家，兵荒马乱逃在山里

种一粒一粒的粮食，靠山吃山

伐木砍竹。房子是木制的

生活用品是竹编的

背后一家是弹棉花的

右侧是手工酿坊

沿着石板路走，有百余家台楼

到村口，是一家铁匠铺

青灯

一尊佛住在虚空的山洞

单间。寂静。如果心静

可以听见挂在半空的一盏青灯

哇哇的声音。当然，需要外面的

山风，微微摇动一下火苗

这时，整个山洞都在晃

除了佛。一根绳子拴在柱子上

拉着半空中的铜碗

青灯不熄。我解开绳子

供养半盏酥油，捻子烧了一截

剩下一截燃烧下半个世纪

铜碗的口有点变形

酥油通亮，古铜色

偌大的石洞

隐约可见佛光

大佛寺的石岩

大佛寺，大大小小的石岩

都是尘埃。每一粒尘埃

都是坐落在世上的佛刹

一切法会，住着一尊一尊的佛

一真一幻

众生本无

不生不灭

大方丈与我第一次见面

长袍布鞋，一言不发

放下悬在半空的长明灯

捻子还很长，油不多

我加了二两油。大方丈示意

我又加了一两油

大方丈与我相视，不加了

三言两语，已经有缘有分

起因，我对事物的满足

我步尘埃往山下去

大大小小的石头

往山上去

2021.6.15

江南私塾

江南的风骨是这样的，温山软水

一位穿长袍马褂的先生

眼镜腿断了一只

用一根缝被子的线，串起来

从脖子后绕过，吊在胸前

和第三粒盘扣平行

手指长，指甲剪得干干净净

长袍空荡荡的，被骨架子撑着

马褂的袖口毛边了，洗得发白

三五个村里的孩子，年龄不同

在大声朗读：赵、钱、孙、李

……

门口趴着的是交不起三斗米上学的孩子

2021.6.17

苍茫

冬天，已经进入身体

灵魂又老了一岁。成熟与腐朽不能有一秋之差

骨头风湿，不是一日

冬天里老朽的东西总是被翻出来

当作柴火烧掉

一把青烟，发出吱吱的叫唤

一种灰覆盖另一种灰

我朗诵完《蒙田随笔》其中的三章

欧洲现在的气候应该比中国的南方

更冷

雾水笼罩在玻璃上，剥落的墙也老了

腰椎的地方打了两个补丁

把冬天捂热的可能性已经很小

只有我知道

打补丁的地方是孤独的时间太长

2021.6.20

金陵吟（六首）

梧桐大道

凤凰非梧桐树不栖

先生爱美人，在南京城种满梧桐树

来来往往的风经过中山门

我喜欢这些身披黄金甲的隐士

梧桐树舍不得脱下擦得锃亮的铠甲

我对石头城知之甚少，记得叫金陵

遍地的梧桐树叶，说不清几朝几代

先生走了以后，渡江的人来了

梧桐树砍了一些，后来又种了一些

气温骤降，冬天啊！不要来得这么快

梧桐树叶怀揣着对植树人的一片赤诚

上班的人沿着墙根走，小心翼翼

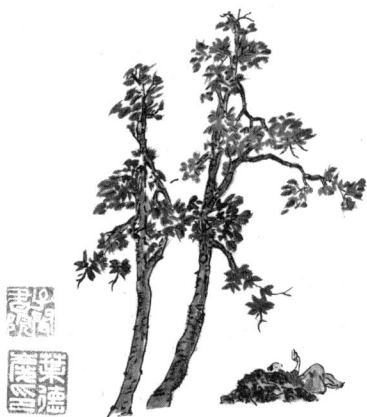

隐君栖霞山

山影半掩

寺庙比阳光早半个时辰闭关

两位僧人路过此地

门缝里的斜阳

侧身退出；斑驳的树影从门里

跳到门外；蹲在门边的两头狮子

身体凉了。我来迟半步

没有与两位僧人照面

借着秋色，看着黄袍远去

栖霞山的美是出了名的

但不能没有斜阳、秋风

不能没有寺院

如果再有一位僧人提袍路过

那是落在人间的一首宋词

紧赶慢赶，推开山门

隐君栖霞寺，已经退居山中

一地的梧桐树叶，一把扫帚

靠在台阶旁。扫地僧往山的深处走

还是晚了半步，没有追上扫地僧

我想问一下山里的事

天色已晚

千佛崖听风

佛在千佛崖开班讲学
请石匠凿了两百多个佛龛
当课桌。弟子五百余人
有的班三五个弟子
多的二十多人
一佛一弟子，也有的一佛两菩萨
像现在的一对一补课
大大小小的石窟门外，两侧
有天王力士，约等于现在看门的
这些班历史悠久，六朝
时间也给人留下不少口实

妄语生灾。我去的时候，佛
菩萨、弟子，包括看门的
都不说话，但仍然缺胳膊少腿
甚至掉了脑袋。这样一群有思想的人
转世做了石头，也没有
被人类放过
我坐在千佛崖的石窟里，听
风说，走吧，早已经下课

度一切苦厄

布衣、米饭、蔬菜，供养

一个灵魂。一位僧人在收拾碗筷

隔壁是玄奘的舍利子

落叶一路小跑，长空抱山，万籁俱寂

斋堂有三张长桌，众僧食，一箸一食

无语。隔壁的舍利子

已经一千三百多年不食

神仙一样的日子，也有烟火

长衫不薄，素食温，布鞋生风

饭头僧在数香客的饭钱

玄奘在隔壁译经

饭头僧告诉我，吃多少拿多少

不许剩。嗯

想说，我刚才在隔壁捐献了一笔善款

算了，不说。饭、粥、菜、汤

填在肚子里。与伙头僧并坐

刚才从玄奘那儿出来时，飞云过天

音乐台

青山里有一座音乐台，多浪漫的事情
先生来过，女士来过

前排的座位坐过哪些重量级人物
椅子松垮了

音乐通灵性。先生和女士走后
一群鸽子来了，轻风作曲，流水伴奏
唱了大半个世纪

艺术也是需要粮食的
卖鸽子食物的人拎着一大包玉米粒
一位年轻的母亲，买了一把
牵着小男孩，给鸽子喂食

山的另一边是美龄宫，女士会不会
扶着先生来音乐台，再浪漫一次
那时候只有这群鸽子的母亲和父亲

曲终人散，青山依旧。琴瑟之人一直在幕后

石头的声音

山不高。石牌上有先生的
"博爱"。再走一段神道，三百九十二级台阶
当时有三亿九千两百万同胞
不管贫富贵贱，现在已是尘埃
远望是石陵，"天下为公"
这些都是先生的梦想

博爱以后，有很长一段路
天下为公，上去的路更长

这样一个严肃的地方，一只石雌狮
陪先生散步，有人把狮子的牙齿
敲掉一颗，口里含着的石珠从此失落
雌狮带着的一只小石狮嘤嘤地叫
也被盗走。从此，先生周围
寂静无声。石阶上过去有人抬轿子
现在没了。"等我他日辞世后，
愿向国人乞此一抔土，
以安置躯壳尔。"

先生一生说话谦卑，空谷足音

仔细观察那些修改过的石刻
先生创建的党徽已经由阳刻变为阴刻
仍然贴金，有意思
我在碑亭处，向先生致敬
没有再往上去，我上不去
上面是礼赞先生的地方，高高的
我看了看先生住处后面的山，不去了
风水独好，让先生认真读书
那本三民主义的书，像石头上的
青天白日，被风翻旧了

2021.6.23

临帖，弘一法师《心经》

般若，开始。对临、背临、意临
三遍。菩萨心肠好，给我福报
日复一日，有饭吃，有衣穿
果然灵验

开篇，观自在
大慈大悲的观音菩萨，原名
观世音菩萨，避讳太宗李世民
改称观音

弘一法师提笔的手是不是经常停
在半空，逆势，藏锋
借势落笔，我做不到眼到手到
但心是诚的。时常以手指意临
或在桌上取茶水背临
记得晋人王羲之临帖磨破衣服
郑板桥睡觉时用妻体习字

最多的几个字，波罗蜜多

也就是一个字，度。人间俗称生死

有度必有劫，人生两件事

结尾处，菩提萨婆诃，大意光明

我已经习惯在一盏小马灯下，临帖

弘一法师的《心经》。那样

有光的地方小一些，屋子里

还有一股煤油的味道。虽然

俗了一点，没有白天那么刺眼

2021.6.25

借山中寂静

我于前日抵达山中，与草木商量

捡一些柴火，地里拔萝卜

合马镇上带来一条羊腿

此处无冬令，天人相应

山中好，没有观止，可以尽兴

最大的是天，包纳万物

大树知天命。天命之天

主宰王朝的命运。臣在野

小住数日，无雪亦无梅

有杜仲，有山羊抵达更高的地方

玉米和泉水，伺候三百斤重的黑猪

杜仲熏腊肉，真的一绝

我的行李还是轻了，围篝火日夜御寒

箱底压着一本薄书，借山中寂静

在铺着棉垫的竹椅上，掩读半日

声音很轻，不足惊动草木

2021.6.27

家佛

家里的菩萨是香樟木的，佛龛
是沉船木，都是虫子不去的地方

有几次，动议挪一挪菩萨
没有合适的地方。菩萨不肯走

我偶尔做临时抱佛脚的事，考试
晋级、升官，俗人俗事
菩萨——帮我办妥

佛龛上的香炉是大明宣德年间的
我的名字当中也有这样一个关键词

2021.6.30

粮食酒

粮食一生的积蓄，阳光和水
居住在地穴式古窖池
生生不息。有大自然赐予的名字
大米、小麦、糯米、玉米、高粱

岷江古道从门前经过
祖姓唐，后名宋
元，明，清，兄弟和晚辈
已经安居在中下游

来自高原的风，把粮食吹落
在盆地里，三江的冰川水
在这里停留一会儿。宋人黄庭坚
品曰，清而不薄，厚而不浊

粮食是有信仰的，天地加持
五粮，只为神农俯首；五粮之源
润泽万物。粮食是一团火
点燃人间的心事，尤其在黑夜

粮食把一生的积蓄藏在古窖池

祭祀神明，闭关多年以后

云游四海，和三江水一起布道

供养天地万物，善待过客

2021.7.1

瑕疵之美

每年总会把一天待在银杏树的林子里
天很蓝，鹅卵石开始享受每年一度的
黄袍加身。半空中的凌乱和错落之美

当然，我想过唐诗宋词，为什么不呢
每一年都会捡上三五片喜欢的杏树叶
有的有一点虫孔，有的没有发育完整
我把这些和我一样有瑕疵的语言带走

有一棵银杏树的年龄比我大两千年
有人烧香，有人许愿。一年中有一天
我坐在这棵古树下，晒太阳。有一次
睡着了，一片杏叶落在脖子里叫醒我

我十分喜欢这棵古老的银杏，有一半
遭雷劈过，年轻的时候说过什么谎言
我喜欢，是因为我也说过漂亮的谎言

2021.7.5

荒原印象

两只乌鸦在三棵桦树上
站在不同的角度交换意见
麻雀迁徙之后发现人间有诈
站在比村落高一点的电线上
耕机的车辙勒在土地里
外翻的泥土像船尾螺旋桨搅动的浪花
他的越野车，花豹一样出没

北风一直在叫，甚至说了许多狠话

他把小指、无名指、中指收拢
大拇指拉下保险，食指扣动扳机
比了一个手势，自己配音，砰
命中天空。稻草人应声倒下
灰白的电线杆像一只羽翼坠落在路上
轮胎夹杂处掉下一粒矢车菊的种子

一架左右摇晃的牛车去拉稻草
半路上，车辕安静地等着牯牛

留下塔状的牛粪和一团热气

路边枯黄的绊根草上是白色的霜
一棵车前草挡住越野车
反光镜冷峻地回顾历史

麻雀成群结队,解决口粮问题
眼睁睁地看着,遗落在冻土中的谷子
蚯蚓与活食,钻进更深的洞穴
狡黠的乌鸦居高临下,凭借秃枝
感觉威胁,以诅咒的方式驱逐人类
远远地,守望枯枝筑起的鸟巢

冬天的小草停止歌唱
一枝芦苇在远处独舞

越野车没有熄火,保持温暖的一部分
堆着稻草的牛车吱嘎吱嘎地回来
麻雀一粒一粒地抢食稻草剩下的谷子
有许多是空壳。乌鸦叼起一根谷穗
飞回到树枝上,披着骄傲的大氅

赶车的人左腋下笨拙地夹着一杆烟枪
偶尔扬起牛鞭，悬在半空又放下来了

一切恢复平静。乌鸦和麻雀没有足迹
风在练习飞翔。矢车菊的种子
在车轮凹槽的桎梏中寻找逃跑的机会
一棵车前草在越野车前练习孤独

尾气的白烟富有想象力
挡风玻璃的弧度与笔直的桦树
形成鲜明的对比。乌鸦的鸟巢
像泥点在玻璃上。密密麻麻的麻雀
挂在天空的脸上
越野车掌握着一枝矢车菊的命运
排气管下的绊根草产生复活的幻觉

"真的对不起！我的苍老给你带来
许多的麻烦。"他想对越野车说
刚才赶着牛车的人，裹着破旧的棉袄
胡子拉碴，一脸褶皱
他拍了拍越野车，总算与生活扯平

他见过这位苍老的赶车人

拥有一头牯牛、一架牛车

一堆草垛，一袋烟的日子

赶车的人不关心乌鸦与麻雀

不关心桦树。鸟巢和电线杆

似乎与赶车的人也没有关系

牯牛的翅膀长成了犄角

几块木板构造的牛车

从未洗刷尘世的泥土

草垛受到野火的威胁

他用越野车与矢车菊交换了灵魂

再用三个铜板与车前草占卜未来

"上帝啊！"

白色的天空是教堂的穹顶

他把越野车停在天空的门外

2021.7.9

黔西北

黔西北的山不高

背酒的人个子也不高

都是生活的担子给压低的

种的高粱不高，离天太近

红缨子，在太阳的眼皮底下

河水细长细长的

像一条系在背篓上的绳子

背负着大醉一场后的早晨

太阳和月亮是布衣人的耳环

挂在木楼的东边和西边

小娃娃背在女人的身后

蝴蝶和草木一起制造山风

不是没有高山

雪山坐落在四川那边

不是没有大河

神水从云南那边流过来

都是一步之遥

鸡鸣三省，隐藏在时间里

古道隐迹，更古老的寺庙

毁于贫穷

山比路高

比路更低的是河流

比河流更低的是一条沉船

已经烂了，压着一块石头

不让漂泊

2021.7.12

一碗水

经过一条长江支流，过川黔界河

顺着山路盘旋，悬崖峭壁上

皆有人家。白白的墙

山下往山上看，像散落在高山的羊

颠簸严重的车，名副其实的

羊肠小道。把肠胃翻了几遍

抵达山顶，贵州与四川的分界处

草棚一间，一个警员，三个村民

真正的山大王，王国的样子

国王的样子，保存至今

这个村很小，小到如一口碗

村中有泉水，村民打水的地方

遇到大旱，石头上的凹处总会有

一碗水。从古至今，没有干涸

这个村的地理名字：一碗水村

一碗水端平，过去流落在此的臣子

始终怀着对遥远的老天的请求

2021.7.15

去乡下住一阵子

如果厌倦城里的生活

去乡下住一阵子

如果想安静，去远一点的山村

那里有净土，白天与黑夜交替分明

高山借天路行，流水借山道走

一生一定要有一个乡下的朋友

自己种田，自己种地

蔬菜和粮食没有污染，吃不完

猪是井水、红薯和玉米喂大的

菜放在围炉上，把酒倒在瓷碗里

请两个村里德高望重的人做陪

一定要睡一次稻草铺的地铺

一床十斤重的棉花被，走的是大针大线

那得到很远的山里

那里的人到八十岁眼睛还是亮的

那里可以遇见灶台上碗底点着的煤油灯

书生用的是一盏玻璃罩着的煤油灯

小心火。早上站在门槛上可以看日出

或者傍晚折一根树枝，搅动水塘里的夕阳

一个人一生需要一个乡下的朋友

需要住上几天

大锅煮饭，锅巴略黄，脆，不黑

灶火照亮黑夜，冬天烧劈柴

火星蹿到身上和脸上，不伤人

烟囱冒着青烟，夜空

有云、月和星星。寂静无声。风很轻

在乡村，万物不擅长张扬

人间沉默寡言

去乡下的人说话一定记得压低声音

2021.7.21

江南雪

江南多年无雪。有些落在山里
再也没有出来。前几日我去山中
看见一位僧人进屋，一手提着百衲衣
一手脱帽，掸了掸肩上的空气
僧人看见了雪，我看见僧人掸雪的样子

雪肯定是来过。要不梅花怎么开的
僧人的窗口挂着一双草鞋
准备绑在布鞋上防止打滑
扫帚是僧人自己编的，加了一些竹枝
清理香客来去的路。另外砍了一根竹竿
打树上的雪，担心砸到香客

早上井边有薄冰，零度了
地上打了霜的小青菜，毛茸茸的
劈柴的师傅口里吐着白气，咔嚓咔嚓
斧子休息的时候，刃口的光，阴沉
四周已经下雪

僧人下山的时候将百衲衣挑在肩上

回到山顶，又穿上百衲衣

梅花已经开了一瓣、两瓣，雪不远了

2021.7.25

写给母亲和你

天空，抱起我吧
即使我是尘埃，也是你的

一粒尘埃落在地球上
没有声音

如果我落在一个人的眼里
会被注意到

我躲在一口针眼里
直到母亲为我钉纽扣时才被发现

有时，我是堵在针口的一粒尘埃
那是我最大的体积与重量

任何地方都是地平线
俗物已经失去磁场

席地，我坐在地球的顶端

天空可以让我尘土飞扬一次吗

其实，我更适合在古楼兰
向天空称臣

我知道，天空不会再抱起我
我的母亲抱不起我

我将天空打一个襁褓
把母亲背在背上

2022.8.1

外套

进门以后，我把外套脱掉
据说，这是一张兽皮，没有骨头
柔如蚕丝，一点褶皱没有
挂在衣架上。我想它
最后一次挂在树干上的样子
一个老练的猎人，如何
剥下一张完整的皮
但我不知道这张皮的真假
有点像我，已经没心没肝没肺
我的怀疑来自外套的口袋
兽是没有口袋的。难道是袋鼠
我下意识地摸了摸外套的口袋
杜撰了一个冬天

2022.8.3

人间

人间是个虚词。是否包括灵魂

小镇关闭，除了流水和风

庙，闭关很久，除了麻雀和经声

门坊是虚的。两只石狮爬上三级台阶

左右各镇一方

落成那天，是被人类五花大绑来的

威武、忠实及其他赞美之词

唯独失去敬畏

这些与人类争夺地盘、赶回山里的

又被一一请出来，寄予厚望

而灵魂借住在庙的一块菜地

一棵青菜上的虫正在吃素

没有一点油盐

庙太小，没有住持，不谈人性

2021.8.5

寒风颂

我穿上羽绒服出门的时候
寒风知道我是来抵御它的
与它为敌

寒风是万物的一种
它总是能够找到失温的地方
我想听它到底说些什么

在一片林子里，或者旷野
或者河流上
它渐渐老去

我给寒风写一首颂歌
灵魂是旷野中一株没有被它打倒的草
河流上的冰是它的活化石

寒风纠集一帮子寒风
我穿着一件羽绒服

有一万只鸟在保护我

2021.8.7

在人民广场

昼夜交替。太阳和月亮是两个
离地球近一点的星星

人类适合做配角，在刷牙、洗脸
穿衣、开门之后，做
皮影戏中的影子或木偶剧中的木头
始终被两根线拎着，还有一双
无形的手

广场上有这样一群人
听从音乐的摆布，破锣般的音响
在白兰花的树下使劲地叫

广场太大，一群鸽子割据一块地盘
包括天空。白鸽不断地盘旋
转移视线；灰鸽咕咕地腹语
吸引注意力。地球对它们失去了磁场
仍然有一只鸽子被风筝的线缠住
在小树林亡于非命

风筝没有错，线没有错，放风筝的人
没有错，是时间和地点
错了

一片落叶吹过来，覆盖不了什么
阳光在一滩雨水中很容易被过路的鞋
踏空
一队蚂蚁正在游行示威，抗议雨水
冲毁了家园
不知道流浪汉是否应该出现
这个时间比纽约时间或伦敦时间
早一半。时代广场和特拉法尔加广场
的流浪汉睡着了吗

天上还有些东西在主宰人类的事情
极端天气，不会影响神灵的思考
广场在天空下
对面的白房子是一个巨大的音乐盒

一个男孩正在广场中央来回踱步
这里也是著名的爱情圣地

当然，也有一些是谎言与欺骗

但不妨碍一位男孩等一位女孩

可能等来，可能没有等来

2021.8.12

罗汉记

五百罗汉，各自住在一寸见方的
象牙里，姿态各异。象牙是白的
我仍然能够听见大象的叫声
每一位罗汉的身体里藏着一头大象
我看见的是大象群
罗汉镶嵌在五百间木房子里
成为彼此的邻居
朝拜者按照自己的年龄数罗汉
看自己的前世是什么样子
我也跟着数。当我数到我的前世
我看见一头大象
从罗汉的身体里朝我走来

2021.8.15

海纳百川

闹市中心，有一处院子，冬树萧条
慈禧太后的公务列车，从哈尔滨到
上海，铁轨和枕木一起过来的
另一列专列，车头和一节车厢
也是一起来的。是不是女神号
我感兴趣的是车厢里挂着的两张照片
一张是帮会头目，左右站着黑风双煞
可惜了，英雄已无用武之地
另一张是上海滩的十大美女
其实是十大名媛，叫得如此文雅
如果活到今天，恐美人迟暮
从这里再往前走是大海，海纳百川

2021.8.17

素描

天空撤退的时候，布下大雪

一只白鹭，潜伏在空中

桥上的雪不容易融化
因为不接地气

雪啊，柔软的身子骨
堆积成比山峰大一点的山峰
做一把冰刀

飞檐怀抱着雪
只有一只黑鹰不肯接受白色

2021.8.20

汉阳造

无数次回到汉阳，我的祖籍。我的祖父一辈子住在这里
我的祖母短暂的一生在这里
我的父亲和姑妈的少年在这里。我的童年在这里

汉阳有东西湖，湖上有长风
像父亲一生的叹息，我的一个弟弟夭折于此
湖水结冰，采菱角的船像一个饿弯了腰的顿号

我记得东西湖退水的冬季
那个时候的北风比现在凛冽，柳树枯枝
一间牛棚的稻草被风刮得遍地都是
早上出门去舵落口的亲戚家，走过白茫茫的一片雪地
那个时候南方的雪，厚，柔软，在阳光下闪着银光

雪落在无人采摘的莲蓬上，船头挂着冰凌
一群麻雀至少有一百多只，从柳树林到牛棚
从牛棚到柳树林，发现稻草上剩下的谷子是天生的本领

我不喜欢东西湖的夏季，年年淹水，让我想起弟弟没有栖息

之地

　　我的启蒙老师、办私塾的祖父，带着戒尺，也简陋地住在
地下

　　这里十里八乡识字的孩子叫他先生。令人伤感

　　如今，无论我走到哪里，都带着我的户口簿
　　上面写着我的祖籍：汉阳。东西湖像快干了的一滴泪水

2021.8.22

冬雨

我对冬雨情有独钟，来得慢

落得也慢，马路是湿的

樟树下一半是潮的

铁艺木椅两旁的螺丝孔里有水

草坪上有水珠欲滴

椅子下面的土是干的

小鸟的嗓子洗过，清亮

冬雨像一个人，不喜伞，擅小跑

瘦削的肩膀单薄，头发更瘦

冬雨走着走着，走到城南

抱着墙头的草，摇啊摇

老天分配给冬天的雨实在太少

一滴追不上一滴

还有一些是雨夹雪

各占半壁江山

2021.8.25

三棵树

好树难种

我的窗下有蜡梅、含笑、银杏

不能再多，三生万物

我曾爱上其中的一棵。不对

是爱上三棵树身体中的不同气质

我捧着一束蜡梅在人民广场等一个人

含笑忍了很久，有一天，嫣然一笑

银杏适合做秋天的背景

她们保持距离，小心翼翼，彼此试探

从苗圃到庭院

一位来路不明的主人

改变了三棵树的命运

好树若人

很单纯，会生气，主人不能偏心

性格倔强的蜡梅，开在寒冬

含笑习惯开在人间四月，香气清淡

银杏长高了，不适合在院子里

明年春天送到寺庙放生

这一走是五百年，还是八百年

三棵树跟了我多年，如今

银杏要走了，蜡梅开过了

明年回来。剩下含笑

与我隔窗相望

看我是不是一个坐怀不乱的男人

2021.8.27

空谷

峡谷空闲，风依然很忙
静动之间，万物不如一只鸟的平衡
河流往往用来形容历史
取其一段，会不会有点断章取义

如果没有渡口，没有渡船
没有蚯蚓一样迅速钻入大山的小道
我已经相信，这里是风景
没有杂念的神工鬼斧

我所处的空谷，适合倾听
很难分清虚无与气流
风景的背后是山
山的背后是悲悯

2021.9.2

居习水

枕水而居。想想有什么小于自己的事

河流小于两岸，酒小于杯

我应该小于天地

小于木鱼的声音

但我必须大于光阴

大于黑暗。这样才有活着的意义

枕水而居与色空无关

水陆有道，人有知道

刚才车过两开河，算是开悟

一条河可以分流两个方向

人无两条路可走，只能选择之一

以河为界，一边是贵州，一边是四川

一边是酒，一边也是酒

而人分身无术。我的肉身

已经找好了那个空了很久的大酒缸

一个小于山川大于灵魂的容器

居习水一日，山委身于水

水屈从于山，草木媚于季节

今夜，我小于木屋

2021.9.5

我的悬空寺

习惯虚掩门，担心错过路过的神
每次入门，我侧身，请神先行一步

佛龛上有四位菩萨的化身在此长居
墙是我的悬空寺，住有三位佛
平日不露面。我称这里神舍

书柜很大，住的是一些不食人间烟火
的人物和作者，藏莫言先生题字
"天际流"

不可无竹，文竹小，居十九楼，
比楼下无人疼爱的三丈竹幸福得多
四盆君子兰，去年开花，我称之
四君子，今年没有开花，我逢人介绍
草

草住在青花瓷的盆子里，无瓷不贵

民以食为天。俗人一枚，俗物一堆
酒甚多。因为生计，佛和菩萨宽恕
小民

时常拜菩萨，逢年过节拜佛
指尖低于佛龛，偶尔香火有心事
一整天燃尽，我守在一旁等着

有画，画面风生水起

既然是路过人间的香客，借山于市
我的悬空寺

2021.9.7

下落

我去池塘打听小蝌蚪的下落

与雨水重逢，别来无恙

自从秋虫打断蛙鸣之后

池塘里剩下路过的云

时间会给每一件未了之事做出结论

小蝌蚪以水草为舍

卵之身一鼓一息

分不出青蛙，还是癞蛤蟆

我打听到小蝌蚪出行的路线

绕着一丈池塘，以为走了很远

一有动静马上躲入肉眼可见的水底

一生在水底捞月

2021.9.10

道别

知道山高路远，一意孤行

愿意低于海拔，归零

低于春天芦苇的新芽

甚至用厘米计算

低于水杉的针叶

消磨时间，也被时间消磨

每一朵浪花都是孤家和寡人

数着河流的每一滴水

大浪淘的不是沙，是山川

我不能将自己占为己有

我是来和自己道别

2021.9.12

天空之镜

天空是开放的

盐湖与天空分庭抗礼

做天空之镜

把无味的事物变得敏感

从镜子里取出一块盐

用钢钎、铁锤、导火索和炸药

修辞

很多事物因为没有盐而软弱

有人把盐堆起来，雕一头马

驮着盐往西

也有人雕一位盐工，很穷

骨头很硬

盐粒很小，一粒、两粒

修辞一盘美食

如果到盐湖打水，晒干了是盐

如果在盐湖捞盐，提起来是水

2021.9.14

借酒

此刻，我一个人坐在赤水河边的一块石头上
喝酒
一只白鸟在对面的石头上饮水
我吃着一袋卤肉
这时，白鸟叼住一条小鱼

夕阳毫无波澜。和我坐在一起的那块石头
猜出彼此的年龄

我又喝一口酒。对面的石头晃动起来
白鸟不过是一根路过的羽毛
小鱼是弱肉强食的人生错觉

失去平衡的石头和我，遇上对面的空山
白鸟一直在虚无的路上行走

2021.9.16

一座山不足以解释一场战争

战争打响之时，我站在河的这一边
早春二月，流水依然，野鸭回归
我站在山的对立面
一水之隔
虚拟出敌我悬殊

山上有几个洞穴，本来是很好的悬念
石缝中的树后半生会有各种可能发生
一衣带水
有几个人懂得隋文帝的内涵
雪是没有国界的

天上来水怀抱一颗水滴石穿的善念
一座山不足以解释一场战争
山改变了许多水的历史

2021.9.17

余香

三月。我在院子里打理白兰花
墙外有人说：这家的白兰花好香

我在誊写白兰花的身世
顺便杜撰一位过路的人

白兰花淡黄，怀抱最轻的风
绽放的留在枝上
含苞的送给今天可能来的人

我不想所有的白兰花凋谢在院子里

2021.9.20

事物的秘密

不再亲临一些事物，而是借
院子外拾荒的人，背着蛇皮袋
拿着火钳，翻着垃圾桶
半个身子探在里面。借用此人

我的半个身子探在尘埃中

不再有多大的期待，爱也剩下唯一
而是借停车的地方种了一棵相思树
后来又种下几棵
相思豆是一种器皿
我把车停在

相思豆里

偶尔，我也寓意于山水
寄情孤独。万事万物，皆可以借
前几天惊蛰，我借一夜春雷
问安

2021.9.28

登佘山

上海不是没有山

两粒尘埃落在上海，也是两座山

东山、西山，习惯叫佘山

保持海派文化，两山之间

留下错车的距离

这里的人不会走得太近，山也是

海拔高度七十米

十分钟爬到山顶。人造台阶轻缓

符合上海人做事的风格

把事情想得简单一点，没有什么不好

不见绝交式的落叶树

也不见理不清扯还乱的藤蔓

上海不是没有山，据说从前有

九峰十二山

被历史忽略，剩下名字

不是没有山头，太小

我去了东山，没有去西山

西山日落

东山再起

2021.9.30

事物的大小

飞机在大山的上空，可以看见的事物

很小，甚至无。无法说出事物

的准确地址，只能称人间

但有一些虚无缥缈的东西

超凡脱俗，比如燃烧麦秸秆的青烟

细细的、瘦瘦的，袅袅绕绕

像山里走出的白面先生

隐忍的仙气，从麦秸秆中兑换灵魂

通过想象，闻到青烟的俗味

堆积在人间的俗物迟早都要和麦秸秆

一样，一部分成烟，一部分成灰

飞机下降的时候，事物被不断放大

一想到即将在这里生活数日

把飞机上没有看清的事物刨根问底

实在是多余

2021.10.3

镜子

越来越少有照镜子的勇气
偶尔趁没有人注意的时候
远距离地看一看，给自己一个微笑

镜子是看不见镜子衰老的
铜框锈迹斑斑，镜面四周模糊
比较起来，我又有了照镜子的自信

头发和胡子花白，眼光钝拙
曾经古铜色的脸庞有些油腻
没有什么私密的东西了

固执地去镜子的后面看看，
找另一个自己，镜子的背后是灰色的
如同过去的岁月，面无表情

其实，这面镜子照过两个人
不小心摔过一次，裂了。另一个人
照另一半镜子。每个人都有一面镜子

偶尔夜深人静的时候，沐浴完毕

我会对着镜子细数岁月的痕迹

和一两处无法愈合的伤疤，与镜子浅谈

2021.10.5

背对一些事物

生活是无法停摆的

阳光透过细碎的花纹

隐藏得更加深刻

栅栏是最大的形式主义

襟怀坦白的窗台坐落在南边

承重墙没有任何创意

电线隐藏在墙内老化

还可以乏味地列举一堆事物

但不包括一棵罂粟的影子

和两只鹦鹉的合音

一直在布局人生，不是打断就是中断

一只空闲的鸟笼装满鸟鸣

躲起来的致幻物不会生长

抹在我疼痛的地方成为一味良药

窗外能见的事物就这么些

等待一个预订的日子

所有的前提条件都是虚拟的

背对一些事物

一物降一物是生活的准则

三月的樱花亡于三月

2021.10.8

我的神坛

一件薄薄的老头衫，圆领处破了
胸口和肚子的地方有两个手指大的洞
和那个时代一起，捉襟见肘

一口一口地抿着傍晚的时光
在玻璃杯中认识几朵新开的酒花

这是父亲生前的最后一张照片
在我的神坛上
我一直没有把照片装在相框里
等父亲把最后一杯酒喝完

2021.10.12

给小鸟洗澡

挥霍已久的身体近日微恙

剩下的内容不多了，骨架子

像一座正在拆除的废墟

只有心脏还扑打着翅膀

也已经没有了飞翔的愿望

打发日子，去花鸟市场买了两只小鸟

关在笼子里。办理了养鸟证

就像我一样关在家里

需要一本户口簿

卖鸟的人告诉我，小鸟喜欢吃蚯蚓

我一直以为小鸟吃素的

原来和我一样，是个肉食动物

不想讨好一个生命而伤害另一个生命

我买了一些五谷杂粮，将开水放凉

两只小鸟在笼子里相依为命

微恙不是一种病，世态炎凉

卖鸟的人告诉我，小鸟可以活八年

好的话可以活十年，相当于人的百年

我偶尔给小鸟洗澡，一边洗，一边说

小鸟啊，我们好好活着

2021.10.15

二十四节气

二十四节气正在完成一篇契约论
说明时间与天地之间是有承诺的

旧铧犁抱着残躯被弃于墙角
铁匠按契约锤打另一副铧犁

时间是一位完美主义者
谋生的人在路边等待第一班中巴车

养牛的人把一头忠厚的老牛
交给屠夫。时间不宽恕迟暮之年

太阳永远是神。没有人与美为敌
相信吧，事物是由灵魂分类的

二十四节气是未来的时刻表
一切肉身降生其中。作为道德的化身

莲花也不例外。插花的女孩在修辞

语言，表达纯洁和节制

没有对二十四节气的旧八股提出异议

一种不祥的感觉

2021.10.19

和平

有一次，我拿一只鸡与苍鹰交换天空
苍鹰在天空上盘旋半天
失去了天空

我还拿诱饵去交换鱼，鱼失去了河流

拿皮鞭与陀螺交换风
拿时间交换我的年龄

拿忙碌的一天，与母亲交换一顿晚饭
母亲拿一支香
与菩萨交换平安

我多想，多想
拿婴儿的微笑
交换一颗子弹

2021.10.22

最小的山也是社稷

一场春雨过后，我上了一趟山

捡起诸多的虚空

老竹更加懂得弯腰的重要性

春笋破土之后，尽快收起锋芒

没有刺破青天的打算

乾隆为什么没有

坐在摆好的楚河汉界石桌前

奴才犯了原则性的错误

江山岂可一分为二

打前站的将军又为何生气

把将军亭的石桌掀翻

并在一旁的石头上试剑

喝退草木风花三米有余

天下无小事，最小的山也是社稷

我等理解不了

2021.10.26

鸟类专家

一只鸟，亡于解剖

多么精准的手术，不伤及骨骼

成为标本

墙是天空

两个翅膀被钉在墙上

因为害怕揭发而被抠掉眼珠

晒干以后

清一色的填充物，替代五脏

当作灵魂缝合在鸟的躯壳中

这是一位鸟类收藏家的爱好

他的名声大于鸟

被称为鸟类专家

他知道鸟的价值

鸟的剩余价值

和一无是处的鸟

2021.10.29

历史必须收藏一些物证

如果不是亲临其境，不敢相信

一棵两人合抱的元朝梅树，八百年了

隽永缱绻。诸多没有走出的农耕文化

与形骸放浪的枝丫一起

不按规矩地生长

旁边是一座木楼

历史必须收藏一些物证

元梅并非浪得虚名

浮躁的人是等不到一万朵梅花绽开的

等不到一千斤梅果

泡酒

坐在梅下的老汉一脸褶皱

认真地吸竹筒水烟

他说这烟丝里有梅花的香味

2021.11.5

兰花的生日

我被事物包围着

离我最近的是一盆兰草

生日不详

就从带她下山的那一天开始算起

花盆里有几块压土的小石头

是我开车一起带回来的

从上车的那一天开始计算石头的生日

有一棵兰草开了一朵花

后来结了一颗果子

从这一天

开始计算这颗种子的生日

委屈这些生灵了

自己吸收阳光和空气

我只能抽空浇一口水

还不了兰花一座大山

2021.11.9

柴火春秋

远山被炊烟拉得更加遥远，
一位背柴火的老太太扎着头巾。
这是今年春天的污点。
天空有雀斑一样的错误。

山里住着的都是修行人，
修路，修梯田，修水渠……
他们修事物，
早晚供奉炊烟。

每一座山都是孤儿，
被时间收养在天下。
每一座山都有背柴火的母亲，
每一座山都有外出云游的男人。

刚才看见老太太蹲下来，
把柴火从背上放下。
她已经不像当年，使劲一扔；
她与事物轻轻地相处。

山里的男人越来越少，

将青山和柴火交给女人。

在山的那边还有许多山，

只有一座山的后面是海。

背柴火的老太太已经不找下山的路，

往山上走。山上有一座寺庙，

她拎着自己打的菜油，续上香火。

庙是空的，她坐在庙里心里踏实。

她修了一条近路，通往山后。

说有一块风水宝地，以后居住。

很早之前已经没有乡绅。

山里可以修行的事物很多，

麦子和稻子，虽然一年只有一季，

但颗粒饱满。没有随意嫁接的事物，

各自坚守着贞节。

天空已经开始长老年斑，

一只鹰贴在云间。

老太太一条破旧的红头巾扎在地里，

赶走那几只相识已久的鸟儿。

青山已经万岁。

柴火一个春秋，正好一辈子。

再过十年，老太太到了做神的年龄

这里的神也要捡柴火。因为冬天很冷。

2021.11.13

一群男人

午。小雨。在城市的屋檐下
一群男人，蹲着，站着，斜靠树干
木工、电工、泥瓦匠
……时间是他们的赌注

他们宁可白白地等一天，也不低价
出卖体力，或者手艺
锤子、锯子……住在工具包里
这些赌具很久没有说话
找不到一个比干活更生动的词

老家不时传来麦子生长的消息
挂腰间的工具袋好像挂在悬崖上

2021.11.17

雨季总是穿插着忧伤

生命中有一些预留的空白

甚至是预埋的危险

武林高手的拳头落在肋骨的缝隙之间

内伤很难治愈

上帝制造人的时候预埋隐私

于是有了爱情、欲望。悲欢离合

都是剧情的需要

最近一段时间，我在阅读《圣经》

这也是上帝预留给我的时间

我原来敬畏佛教，有一些未解的事宜

雨季总是穿插着忧伤

有一些人和事想不起来了

越来越爱上吃药，弥补对于身体

的亏欠。上帝留了一张双人床

总是一个人先于一个人离开

2021.11.20

七月

一列绿皮火车在那曲的七月散步
冰雪早在一夜之间融化
一间小房子的火车站，刚刚刷过石灰
时间坐落在房顶的一朵白云上

火车沿着铁轨，绕纳木错兜了一个大圈
加入到转湖人的队伍中

青稞已经收割，草垛休息一会儿

白色的蒸汽掩饰着笨拙的喘息声
一群白羊在安静中等待火车经过

大多数人是从起点到终点的
从海边到高原，寻找大海遗留在这里
的一些事物

白色的火车站，火车加水
纳木错的七月，蔚蓝清澈的湖水

天路上

如果没有火车，有马

如果没有车站，有驿站

兵站一直是有的

一个扳道工，指挥十万座大山

一个兵站，接十万大兵

绿皮火车在白色的车站前，三分钟

时间需要在这里打一个顿号

这是历史的选择

一列车厢牵挂着另一列车厢

车厢的连接处哐啷哐啷

穿过七月

2021.11.25

今日卦

土中有金，见木何伤。无相克之物。
但，见水神伤。
屡次受挫于居水的事物，不服不行，
不可再造次。

如今，居平原久，入山川迟。
席地而坐，屈膝卧石，
不见江南事，但闻林中鸟，
与诸君和而不同。

万物皆有星宿，包括牛鬼蛇神。
这个世界散得快的皆因为走得太近。
无知者无畏。凡曰无畏者我皆避之。
人有三畏：天地，父母，神灵。

已经是尘埃，还能卑微到哪里去?!
兵来将挡，水来土掩。
无兵，我也非将，但有伤神的事。

观天相，有凤眼菩提一串。

天机不可泄露。

与己书：己所不欲，勿施于人。

今日卦：农历二月午日亥时

在卧室内的未方（南偏西）

贴上一张黄纸，上书"横财"二字。

风水轮流转。

2021.11.29

鸟没有说明去向

一年当中，有那么几天

窗外的鸟鸣没有了。有点不适应

我关心鸟的生存

与鸟关系密切的大樟树

树下的木椅很久没有人光顾

我注意到，草坪上无食可乞

小鸟练习飞翔的灌木丛

低矮的天空

因为缺少鸟鸣而麻木

草木一秋之后

坐在木椅上给小鸟投食的一对老夫妻

也没有来

鸟没有说明去向

关于鸟鸣，天空另有打算

2021.12.2

罂粟记

山里人生病，一是熬过来

二是去悬崖那边挖点草药，熬水喝

实在不行，吃罂粟，以毒攻毒

止痛可以立竿见影

另一种用途是吃火锅，放一两个

罂粟壳，打倒所有舌尖上的事物

花是独一无二的娇艳，世界上最好

的香水原料。事物美好至极品

问题马上出现，香水有毒

罂粟被坏人加工后，麻醉

人和人的意志。有的地方禁止

有的地方合法化。那是世界大事

山里人不懂。橱柜里藏一袋

屋檐下或者柴火堆里塞一包

反正虫也不吃这东西

本来是一件兼济天下之事

却成为无法独善其身之物

有一年我在朋友家见过此物

挤在窗台一角，遮遮掩掩

但丝毫不影响罂粟花风华绝世之美

且在无风中不易察觉地颤动

像藏在秀发中的耳朵，警惕人世间

的疾苦。我无非分之念

更非多事之人。遇见便是缘分

只是此后没有再见过这么美的花

2021.12.15

渔网

渔网像个无家可归的孩子

有一段时间住在桂树的枝丫上

随时都有掉下来的危险

秋天即将结束，渔网沾满金黄的桂花

这张渔网迄今为止没有打到一条鱼

像我一样总是输给了耐心

船是我的借喻之地

我想把渔网寄养在船夫家

与其说是不舍，不如说是有几分不甘

自从离开了水，每一个网孔是紧张的

我和渔网彼此有几分虚弱的愧疚感

一位蹩脚的水手，有一副不错的皮囊

离开的时候，几乎把所有的家当送人

留下这样一张纠缠在一起的渔网

离开了水，偶尔拿出来晒一晒

做个撒网的样子

2021.12.18

杯弓蛇影

蛇又何必委身于杯中，疑神疑鬼
又何必怪罪无辜的井绳，一错十年
我怕蛇。始于母亲不允许我钻草堆
说蛇会咬人，终于知道蛇的冷血
杯弓蛇影是一个故事，像一门哲学
弓非弓，蛇非蛇，皆是夺命之物
已知人世间是大大小小的器皿
求阴影的面积。最难计算的是人心
英雄气短！岂容杯中有异物藏身
做些以摔杯为信号的傻事
引来一万条蛇驻扎在一万片碎玻璃中
一个小孩取走弓弩，击退一万个敌人
地球何不是一个器皿，苍天发配万物
无一例外地屈从于碎片之中

2021.12.22

曼陀罗

半夜咳嗽，想起曼陀罗

一种可以止咳的植物，另一种功能是麻醉

还可以镇痛

这都是我此刻需要的

然而，曼陀罗全株有毒

果实毒性最大

有毒就有解毒的药

我只管中毒，不管解药

一位朋友把曼陀罗刺青在身体上

经常和曼陀罗一起失眠

谢天谢地，朋友知道解药的地方

有一只蝴蝶在山谷里飞来飞去

2021.12.29

我是一个没有宅基地的人

局限性是事物对我的评价
而我对世界的认知大多数流于表面

我是一个没有宅基地的人
两屋之间的雨水大于两边之和

一眼可以望穿的巷子，因为拆迁
增加了许多未知的因素

是否算上天空的面积，还有
那条河流的长度

对于一个抱有无产者成分的人
不涉及一切私有财产，又羡慕不已

这是一种危险的倾向。石凳上有水
我在屋檐下站了许久，没有成为狮子

有不少流言与谗语，讲究坐北朝南

待久了，难免有一些脏水溅到身上

一个没有宅基地的人

有一套空中楼阁

2021.12.30

以爱的名义

抱养了两只鸟。我爱它们
但我知道，它们是恨我的

它们仿佛知道，鸟市场与奴隶市场
的哲学关系

我以爱的名义，绑架了两只鸟

鸟是满月以后抱养的
接下来的一生只有一件事
逃出鸟笼

几次抗争失利后，少言寡语
兽医说，抑郁了
鸟有鸟的抑郁

抱养缺乏一种原始
鸟对我的仇恨还在加深
而我依然爱着

2022.1.1

幻觉

考验意志的时候到了！一粒西瓜籽

从橱柜底下长出藤蔓和茎叶

我在一幢房子里，蓄满头发与胡须

一只蚂蚁扛着一粒发霉的米饭，在门缝中

等待十天，没有想到我足不出户

煮一壶开水，观察到海水沸腾的景象

在这个过程中，我画了一盘水果

香蕉和草莓，留白的地方

有三个朋友聊天时反复搁下的刀叉

晚上，我有足够的时间在浴室

一边浑身涂抹沐浴露，一边唱歌

我知道，考验意志的时候到了

一场禁欲，在庞大的数字中

被忽略

2022.1.2

我看见天空是一张马帮的羊皮地图（组诗）

1

我看见天空是一张马帮的羊皮地图
古道迁徙至天空上，山河破旧
毛边与卷角的地方暴露无遗

匆匆行走的是身穿羊皮马甲的马锅头
在天空上，拎着月亮西行
草丛中的萤火虫也搬家了
做了满天的星星

西风有点苍凉。羊皮地图晒了又晒
还是有一点膻味

马帮借道，把羊皮地图挂在天空上
后来赶马的人再也没有迷路
月亮在每一座山的背后
挂上一盏马灯
马锅头叫上赶马的人，按图索骥
一起去收拾江山

2

我是一个对山失去抵抗能力的人

被山俘虏过，或者主动投诚

一匹马对青草也会失去抵抗

在古道边，至今还可以捡到马挣脱的

马套口。以后的人可以捡到我

走烂的鞋子

在横断山上，我仰卧在草丛中

咬着一根橄榄枝，伸向天空

昼伏夜出的玄学符咒，遥远而清静

云是神阅读的经书

3

石头隐居在山里。一些石头下
埋着马骨。按照马帮的规矩
不能够敲石头
石头里有马铃凄凉的回音

有的石头，做了寺庙
有几块石头转世，做了杨升庵祠的墙垣
上马石，垫脚，上马的人
没有回来。拴马石被回旋的风拴在人间

还有一些石头修炼成仙，在天空飘浮
腾云驾雾，太阳出来以后落到半山

一位马锅头穿着麂皮马褂
腰上别着挂金链的佩刀，坐在石头上
剜完一袋烟丝，竹管铜嘴的烟锅
与云雾相峙，等着彼此散去

4

我很惊讶，古道与寺庙，马帮与村落

命运多舛。物质无法亘古

峻岭流水，原野丛林，不违天意地

错落跌宕，荣枯宠辱

在废墟中，我发现自生自灭的神秘

当我找不到霁虹桥的前生时

一点也不奇怪。我是投错胎的人

观音菩萨把我留在中原

没有见过霁虹桥的真身

但我仍然找到了一些与山相关的物证

毛边的牛皮马掌工具包

打锤、马掌刀、带钉的铁掌

找到赶马人的名字，马嚼子

以及与马相依为命的帐篷、锣锅

铁马镫、箭筒……寂寞与恐惧

有一个人叫马锅头，马帮的首领

习惯赶在月亮之前

在花桥镇借宿。那里有邮差

请识字的人写一封信，给家人报平安

5

不是所有的山茅野竹都可以遇见

一场野火的洗礼；不是每一棵老树

都有盘根错节的余生；一棵野生菌

从古道的大树上长出来

饥渴，自身又充满营养

这是一部原始森林的矛盾论

最后一位马锅头，抱着头马的

子孙；破烂不堪的马店

抱着失去泥巴墙的柱子

这些活着的化石，在黄昏下

6

大山深处的一棵唐梅，抱病活着

犹如一位千岁老人，裸露着上身

已经分不清乳房与骨骼

唯有眼睛苞蕾般眨动一下，证明活着

一些梅花落在马背的毡子上

做了四角镶花的十字花纹

那年马帮在此歇息

唐梅替赶马的人挡了来自山贼的一箭

一块伤口，如今是一个碗口大的疤痕

那时候的梅通人性

守梅的是一位年轻、美丽的村姑

嫁给了山里放牛的人家

像极了这棵唐梅，嫁给了大山

梅花在飞雪中，迷失了下山的路

守梅的村姑手上拿着没有纳完的鞋底

还记得来处

每一朵梅花，有咬破手指的殷殷期待

7

从前，古道上有许多寺庙
木莲花遁入空门
山有多高，水有多高，木莲花禅坐
在云上，听鸟语密经
青黄不接的时候，有猿下山啼佛

我与木莲花有缘，不见风过
却有花上的露水弹至我的额头
我请了一袋木莲花瓣
僧人将袋口打了一个结
我没有打听这前生的缘分
轻如无物
尘世间的锈迹会沿着花边
从布袋里爬出来

下山的车颠簸得厉害，木莲花瓣
在布袋里，一动不动
至今，我没有解开布袋
无法打开的结不去打开
无论有无

8

历史回去六百年，我愿意做赶马的人
喂头马吃料袋里的口粮
晚上放缰，马群去山里打野吃草

赶路的时候，给贪嘴的驮马戴上笼头
那时候的我年少，拉着尾马的尾巴
想家的时候，搂着老马的脖子
流泪。把好不容易攒下来的一把黄豆
一粒一粒地喂给老马

赶马的人和马一样，野营露宿
天蒙蒙亮从毛毡上爬起来，饮马喂料
走一段，再喝一口酥油茶
揉一块糌粑，咽下
天色暗了，掌着马灯，再走一段

赶马的人会和牲口说话
卸完驮子，搭好帐篷，埋好锣锅
找柴、做饭、打水洗

食人间烟火

六百年后，我绕过澜沧江

像一个犯忌的人，被逐出马帮

9

一个女人如果爱上杨慎，就是爱上

流放

爱情需要理由吗

当然。可以说爱上明朝第一才子

目睹他被廷杖，一个皮肉模糊的

男躯，骨头还是硬的

爱情不是同情弱者就是崇拜英雄

杨慎有没有戴枷锁

用刑是肯定的，而且是两次

尚未解君王之恨，发配至遥远的边陲

爱上这样一个男人，是拥抱枷锁

还是亲吻他浑身上下的伤痕

或许，流放的路上，一言不发

说什么话，都会痛

唉，一个女人愿意为一个男人流放一生

10

马帮的许多语言是由马完成的
嘶鸣，蹄声，马和赶马人的第三方
铜铃、马鞭和马灯

大山就是个手抄本
一阵风，一场雨，就可以将内容撕破

这些神秘的语言是忌讳外族听懂的
他们说筷子是帮手，他们说碗是莲花
形象而准确
他们更懂得言多必失

他们必须有比虎豹更凶狠的吼声
有日日更新防止盗贼的暗号

煮饭转锅，逆时针方向一点点慢慢转
架锣锅的石头不能乱敲
连磕一下烟锅都不行
低调、沉默，是语言的修辞

他们有时拿着一朵君子兰喃喃自语

他们并不知道这朵花的外部价值

天气太冷

他们担心一生的话没有说完

11

手指是有原罪的。许多工具代替手指
受过。我下意识地摸了摸指头
没有大师"燃灯剁其小指"的勇气

十指连心，大师焚烧了连接人间的
那一部分

幸好一堆炭火刚刚走完一生
涂抹在伤口上，新病变成旧伤

短痛解决了长痛，皮肉之苦
身体发肤，受之于父母
真的断了执念

我在木莲树上找到大师的手指
已经开花
一场大雪
像大师的指纹

12

马从来不模仿人类的忧伤

在物质极度匮乏的古道

越是遥远的地方，越有丰美的草料

马有马的忧伤

说的是马的耳朵能够知道百里以外

发生的事。它的眼睛能够看见

人间看不见的东西

马的忧伤来自身后的骡马

辛苦一生，和鳏夫一样

无儿无女、无家可归地倒下

夜间，马舔舐着赶马人的手掌

上一粒一粒的黄豆

马不懂得赶马人一粒一粒的忧伤

马有前悔，知道得太多

人有后悔，明白得太晚

13

无疾而终的头马，可以交给当年的
豺狼虎豹了。赶马人拿走一对大铜铃
深山归于寂静。很久以后
头马的风化骨出现在博物馆
大铜铃在旁边的玻璃柜中
它们来世做了平起平坐的邻居

高头大马，不是这里生产的
计划经过中原，原路返回
有一天，它们成为边屯的一部分内容
赶马的人把大铜铃背到马店
换了两钱碎银，充饥
许多历史，停留在这座古道小镇

头马的风化骨，仍然高昂
只是有些失血的苍白，比起腐朽的
帮旗和红缨，幸运得多
一对从长安一路响来的铜铃
如此安静。像那年在万马归槽的地方

被一口山风噎住

我绕着风化骨寻找，一颗雄心

藏得最深的是铜铃里的两颗石头

响了一辈子，至今没有露面

头马和铜铃算是修行至此

赶马的人在吃完一顿早餐之后

又一无所有

14

有哪位封疆大吏读完唐诗

随手一放，将唐诗里的书签掉在山里

书签上的仙女下凡，种一棵梅花树

不只这些，有雪，有马帮，经过

不是一棵孤梅，还有人家，种地

放牛。梅后有栅栏，一群白羊如云

头马喜欢卧在树下，赶马的人

望着梅花，想长安的雪，什么时候

接他回家。封疆大吏转来的时候

摘了一朵梅花，夹在唐诗里

一段他证的清白

我的一声惊叹，梅花树欠欠身子

算是彼此打过招呼

15

天边的白昼长一些，太阳和砍柴的人
一起下山
一看到瘦高的柿子树上几枚透明
的红柿子
马上想起鸟的幸福

这里是花桥镇山涧的冬季
保存完整的古道风光

天黑之前，山里的水，有点缓慢
阴凉，声音也深沉一些
石头上的青苔颜色转墨
那个砍柴的人细细地呼吸
弓着背，将太阳拖下山

土著人与清军对峙的墙根长满了
草，有复辟明朝的窗花留在风中
摇啊摇

炊烟升起来了，时而飘过的饭香

令人饥肠辘辘。当年马帮

车水马龙经过的情景

柴火、马棚、草料

呆呆地，站在太阳离别的地方

顿生慈悲

一只鸟儿叫着，绕着柿子树转了一转

几枚柿子，是鸟儿过冬的粮仓

2022.1.11

红色的柿子点亮云端（组诗）

花桥镇上的放牛人

好漂亮的名字，花桥
红色的柿子点亮云端
山高路远水长

八百岁的元梅像一位新娘
守着种梅的汉子
驮着天边的彩云回来

一位腰上别着烟锅的老汉
一头牯牛后面跟着一头牛犊
牛犊后面跟着一个放牛娃
是不是爷孙俩前世种下的这棵梅

一捆甘蔗草是年轻的
山上流下的水是年轻的
牯牛和牛犊吃草、吸水、咂嘴的声音
婴儿一般。破旧的土屋
现在是牛在借宿，旧牛棚住满了冷风

老汉和放牛娃住在水泥糊过半截的土屋

相依为命。马帮扎营的地方

前两年刚刚脱贫，再过几天

元梅又老了一百岁

古道

石阶上生满今年的青苔
脚会陷入柔软的植被

古老的核桃树早已失去主人
卖缅桂花的女孩做了老奶

县城的名字被历史改来改去
叮当关至今不变
插旗堆、擂鼓堆、前哨、二哨
这几个充满硝烟味的名字
也保留着
是不是担心诸葛亮五月又来
影响了排兵布阵

马帮已经走远，只有天上的云
有时以为是马帮归来
收买路钱的官家和土匪设卡的地方
在一条道上，雨水冲出过几枚铜钱
有的石阶随着杨升庵的戴罪之身

沉冤去了。风有巴蜀的乡音

石板上成双成对的马蹄凹槽

车水马龙的往事

归于寂静

小狮山顶望三千户人家

山外有山，大大小小，抑扬顿挫
小狮山是一个符号，史诗在这里停顿
过渡到下一段。指挥者是忽必烈

楼外有楼，小狮山下有曲硐村
平平仄仄，穿越中原的皮革和石片
散落在滇西的经书

经师在博南古道上，指着天
为马帮诵经，膝下铺着旧毡
金沙江上有忽必烈借用的革囊和木筏

上马石等了几百年，对面的拴马石
也等了几百年，都没有等到骑马的人
云落在曲硐村

尘世间有一个穿对襟短袖衣的人
吆喝着头骡，驮着一大马车核桃
沿着博南古道到滇西以西去

光阴慢

此行大多数时间在山里

一棵唐朝的梅花树，住在山上

等待二月绽放

宋梅在山的深处，守树的人家

四世同堂

元梅在世外桃源

我到的时候，一朵白梅开放

据说，有缘的人来

还会开放，两朵、三朵

这是世上最大的一棵元梅

明梅和清梅太年轻，在人间适应冷暖

日出，月落，

时间在石头上磨出凹槽

马帮的骡子

一下一下，舔干凹槽中的一团雨水

云涧，男人扯一把烟叶子

抱着水烟，有一口、没一口

一直坐在草垛上的女人

过来推一把牛车

车轱辘在地球上转动

我往山下走的时候

松鼠从树上下来

明瓷碗

瓷碗是明朝的。残。碎片割伤过一个朝代
当年也是盛满过一碗热气腾腾的米饭的
或者红薯、洋芋、玉米

一只明朝的瓷碗，摔碎成三十多片
这个人有多大的脾气，多大的冤屈啊
不知当时有没有割破手指，歃血为盟

或者，是杨升庵回巴蜀老家的心切
把三十多年吃牢饭的碗恨恨地摔碎
没有想到被遣返回来，陪着一地碎片终老

也可能是杨升庵把剩下的半碗粥，喂古道上的马驹
不小心打碎。或者，是盗贼撬翻了灶台
我仔细端详博物馆的这些碎片，拼不齐一个明朝

云上茶园

没有想到，有那么一会儿，我拥有
一块地。准确地说，一个不搞山头的
人，被老天赐予半边山头
山上有一棵千年的古茶树
说是长安大臣路过时种下的。我
供养古茶树的余生吧
又有人说当年杨升庵品的就是这棵树上
的茶。好的，以后每年清明节前
我送到杨升庵祠，且烧水沏茶端上

古茶树上挂着一顶旧草帽，几只鸡
在树下打鸣，一位放羊的人
胳膊夹着羊鞭，扎着一件旧棉袄
往云中去。太阳刚刚出来一会儿
雾又来了，有点冷。可以看见茶尖
在雾中，吐出嫩芽，不懂世道的样子
旁边有山泉，哪里的水泡哪里的茶叶
最好喝。茶农是最懂乡情的人

山下的人指着隐隐约约的古茶树
喏，那里就是茶园。雾大的时候
沿着马帮走出的古道，盘山而上
一块巨石上写着：离天空最近的茶园
一间简易的草棚，有客人来了
茶农在沏茶，泡早上刚刚冒出的茶尖
原来种茶也有人间的故事，不要冒尖
这地方海拔高，2500米
气温低，很多虫子上不来，不是没有
事物相生相克，茶园里的鸡
像一群吃虫的清道夫

古茶树老了，每年产几斤茶叶
早已经被人预订。采茶的人也不忍心
把古茶树摘得光秃秃的。客人来了
需要坐在树下，避阳，品茶，遥望
还有一群鸟，在茶树上筑巢
生儿育女。挂旧草帽的那半截枝头
油光发亮。风吹着草帽动一下
树上的鸟一哄而散。来日方长
云披着一件长袍，守着茶园

秦汉梦

秦国想修一条道，从四川到云南
那个时候还没有云南这个好听的名字

五尺宽，够一驾马车通过
惜秦王心愿未了
赞汉武，把秦王的心愿了了

当年张骞出使西域，汉武帝刘彻提醒
国家的事，没有小事
还是不放心，又有了传说
刘彻梦见彩云南现，云南，云南

张骞借梦，寻找到一条道
从南方迁回到西域
完成了秦汉梦

彩云之南。有彩云的地方有五尺道
已经没有马车，没有马帮
有大汉的石板在荒山野岭，压在云上

再往下走是古渡口

古道往深处，通往澜沧江的必经之路
再往下走是古渡口
江那边是外面的世界
一棵明梅是过路的中原人带来的
长成了大树。可惜古道短了
古石板成了梯田或者屋基
去古渡口走的是泥巴路。与世无争

一个村落其实是一户人家
祖父一代、儿子一代、孙子一代
几十口人。神一样供养着明梅
挂猎枪的地方剩下装满山风的竹篓子
对面悬崖上的岩羊失踪许多年
这几天才回来。猎枪早已经生锈
那条追不上岩羊的老狗晒着太阳

三个孩子舔着棒棒糖，偶尔吮吸指头
山里人谈不上贫困或者富有
有钱也没有地方用

吃的、喝的都是自己种的

自己养的。养老的娃也会在地上爬了

不知道那棵梅还能活多久，六百多岁

那几个孩子叫留守儿童

守着这棵明梅。冬天可以踏雪

数梅花开了几朵，一、二、三……

又数梅花掉了几朵

明梅是几代人的启蒙老师

渡霁虹桥

去霁虹桥的路上寺庙多
保佑香客；桥和门关多
渡过路的人；传说多
陪伴山高路远的寂寞

每一处，都有僧人修行到此
这里通往佛国

霁虹桥下是自带风水的澜沧江
一直向南，到永平县，突然间向西北
汉武帝的大臣下马，歇在兰津渡口
修行还是差一口气，明天再渡
这个时候还没有霁虹桥

到汉明帝，给一点碎银，叫县令集资
拉了几根藤索，风在上面爬来爬去
诸葛亮摇着鹅毛扇
在兰津古渡口的悬崖上，凿几个孔
搭一条篾索石板桥

渡他的兵马粮草和千秋大业

两岸的铁桩像某一样东西
过门的媳妇去抱一抱，坐在上面
投中一块石头到对面的山洞
会怀孕，会生男孩

话说叫霁虹桥的时候，是了然和尚
这是一座渡过众神的桥

渡霁虹桥，早已经不是过去的桥
不见霁虹桥上雨过天晴的彩虹
江上有倒影
古老的霁虹桥沉寂了
和摩崖石刻在一起，将文字写在水下
有人来打捞
一捆铁链里装满了水
石头上的冷水鱼游来游去

佛香

众生中称佛的不多，罩不住
有些树自高自大，遭雷劈
大山上能够活下来的古树，低调
逢人就说，沾佛的光，有点灵性
而已

佛香是一种茶的名字
古茶树的后代
在，离天空最近的茶园

原来有一些寺观庙庵
经常加持这些茶树，众生采茶时
闻到佛香。后来
老纳休息去了，小僧云游未归
香火与这为数不多的古茶树一样
一站千年，等众神归来

……那些烤茶的陶壶已经出土
冬天来了，茶树正在转世

嫩黄的茶叶和小和尚的僧袍一模一样
已经带话，清明前归来

唉，山高路远
种茶的人竖起一块石碑在山下等我
还有一棵古老的核桃树
用石头打几个下来，再拿石头砸开
先填一下肚子

山上有雾，一会儿有蒙蒙细雨
一片云路过此地，像大人们骑着马
回来看看。正是茶花盛开

一顶旧草帽挂在古茶树的枝丫上
把一个夏天留在这里
从山下到山上，一山四季
一群羊在争夺有利地形
几只不同肤色的山地鸡
是不是在讨论爱情

两片茶叶并蒂托起天空
古茶树像落在大山中的拐杖

时间单独走了

泉水从来不回家，但没有断过

回家的路。有时停留在陶壶中

我对面坐的是虚拟奏折的县令

茶水流过彼此身体的山川

佛香又不像一种茶的名字

一半的茶树在修行

一半的茶香抵达天空

那是充满佛性的一部分

挂在茶叶上的露珠、雨滴

将太阳的灵魂一粒一粒地包装起来

这世界上没有什么不是摇摇欲坠

一样又不一样的是不知道雾到底多薄

就像佛香在成为茶之前

会不会是一尊佛？怎么会在沸腾中

云舒霞卷

从前古道上的每一棵大茶树下

都有一座庙，庙里坐着佛

佛前有泡茶的人

有过客，有香客

过客匆匆

香客请坐

炒熟半壶茶

泡满一壶水

与杨升庵书

博南山的每一寸土地都很质感

哪个朝代都会有才子

你居明朝三大才子之首

有点才华，妄语

廷杖一次丢了半条命

二次气若游丝。杨升庵啊

舍不得红颜与妻妾

何必为难天子

弄得一身才华陪你流放

至博南山。幸好山下有澜沧江

可以寄情天下

我没有责备你的意思。杨廷和

大学士是你的父亲，书香门第

你首先是儿子，一损俱损

弄得父亲未老先衰

才华是自己的，天下是天下人的

那个叫黄娥的女子陪你

八千里路云和月，陪你

枕着枷锁数星星。杨升庵

你是个多情的才子。所以黄娥无悔

前些天有个女子在你的祠前

膜拜。说"杨升庵啊

如果在明朝，我与你在这条路上相遇，

会爱上你！"

我们一行人见证，一束阳光

顿时裹住这位女子。杨升庵，你回来了

有些魔性的事只有神可以解答

你七十岁时以为自由，回了巴蜀

又被人送回博南山，爱你的人

知道无期。没事，爱情可以续命

你和黄娥住在马帮经过的地方

泡茶、品酒、掌灯，将爱情进行到底

今日，你已经上无片瓦，断壁残垣

一尺火塘，灰飞烟灭，留在晚年

时间的沙漏，至今没有复制出来

一个人流浪到此，坐在石阶上

与你书。你的石香炉旁

有尘埃也有香灰

花桥村税司遗址

古道早已成了水田
断了古税司的财路

三丈高的飞檐翘角，五尺厚的土墙
将天框在拱门里面

我想知道大臣来的时候
是否需要交买路钱
马帮是否停在路边，回避

不知道当年的马帮带了多少血汗钱
不知道税司里的清官与贪官
里面是山寨，外面大路朝天
山寨里的人持砍柴的刀
外面是令人俯首称臣的火枪
这里如今叫花桥村税司遗址
几亩水田，放水的渠
水车被人拉去了博物馆

一位老者，抽出别在腰间的砍刀

揽了一捆甘蔗草，回去喂猪

使人想起当年那个交不起买路钱的人

拎着一把砍刀

野火烧不到墙顶上的杂草

翘角上手拉着手的仙人掌还没触摸到人间

大雪：金光寺

十二月本来是有些伤感的时间

俗家弟子正在劈柴，换三餐饭

贫僧的袈裟是一件百衲衣

围塘的火在冬天是奢侈品

你用一把陶壶，烤茶、炒茶、泡茶

把一千年的味道煮出来

出家人不问从哪里来，到哪里去

我不问你，你不问我

慢慢品茶

闻千山的声音

你用火钳推动一下渐渐暗红的柴火

火星溅起来了

你说，林中雾大，雨细，路滑

多坐一会儿

我趁机告诉你一件事

你说，即使知道的事情也不要说

天机不可泄露

容易伤到自己

火塘中蹿起了火焰

十二月已经天寒

你拿出三支香，在柴火中点燃

天色停留在香气中

我们再聊一炷香的工夫

有些语言借助青烟

泡过的茶叶已经没有用

你倒在火塘边，慢慢干枯

被火星点燃

一瞬间烧着了

十二月其中的一天

你泡茶、添柴、燃香，有问必答

有答不问

你瘦了

你说，瘦了很多

正好一炷香燃尽

十二月，容易瘦

火炭上的白，如雪

金光寺的两只葫芦

初雪。两只挂在窗外的葫芦
拿到屋里

火塘在等待灶房里挑过来的木炭
把昨夜半杯白水浇灭的火
续上

两只葫芦，像穿着黄袍的僧人
一个打扫寺院，冷得瑟瑟发抖

那个劈柴僧，一手拎着僧袍
一手抱着柴火，跑过来

火塘慢慢地亮了，两只葫芦
暖和了，守着末世的秘密

风调雨顺

江顶寺的对面有一根半人高的石柱

正对澜沧江上拱形的霁虹桥

听说自从有了这东西

霁虹桥阴阳平衡，风调雨顺

其实很多地方有这样的风水

只是没有江顶寺的和尚亲手做得

这么逼真。走近一看，很粗糙

江顶寺的和尚是个很真实的人

剜肉医父是一件有人见证的事

从前马帮歇在寺前讨一口水喝

现在和尚下山，经常遇上有缘的人

永国寺门上的一把锁

墙头与瓦檐杂草丛生，断壁残垣
像极了一个朝代，百废待兴

一把铁锁，锁住了一段历史
与外面的世界
锁门的是一位住在寺外放羊的人

我只能从门缝里看看，草木
仍然虔诚地静修，原来有一口铜鼎
被隐于市

一位放羊人，是不是把历史
反锁在寺里？我的手掌抚摸门板
感觉到世事的冰凉

从门缝中隐约可见，通往庙宇的台阶
曾经，多少人上去，多少人下来
当年杨升庵被流放到这里，一个人
戴着枷锁，跌坐在台阶上

永国寺的门，上了一把铁锁

一位放羊的人，吆喝着羊走了

黑蚁借道向南迁徙

我在桥上看见一只黑蚁，戴着头盔

一身铠甲。我想，它是掉队了

它抱着一截树枝，比身体重一点

这样，才不会被风吹走

如果掉入澜沧江，抱着树枝

漂泊，兴许还可以上岸

我看着桥对面的森林

那里面会不会隐藏一支部队

密切注视着桥上的动向

这座桥三层，铁索、木板、石板

石板是马帮的牲口走的

黑蚁借道向南迁徙

黑蚁是另一路马帮

蓝花楹

树干有些沧桑，绿叶也不多
如果放在人类，属于自带光芒者
不需要太多陪衬

找一处偏僻、宁静的小街
甘于寂寞，攒足一年的劲
一夜之间，枝搭着枝，花叠着花
蓝花楹，前所未有的蓝
只能用声音形容，静谧，寂寥
略带对于霜雪的忧郁
容易感染人，带动情绪

情侣陆陆续续来到这条小街
没有一朵相同的蓝花楹
没有一个相同的爱情故事

做一朵安静的蓝花楹，多好

好山好水好人

横断山脉走到这里叫博南山
坝子上的博南道，有神留下的庙宇
或时间的废墟。三江水团聚又分流
像分家的三个兄弟。开始由北向南
霁虹桥下往东流，从地球隆起的地方
伸向神秘的丛林，浩浩荡荡
我沿着澜沧江绕了又绕，博南山
古渡口上的黄焖鸡，也能横亘千年
马帮文化的隐喻在一副马鞍里
骑马的人坐好，路边有换下的马掌

桂馥六十岁中进士，做永平县知县
七品芝麻官，算是博南山优秀的县长
此处山好水好，出了这样一个好官
逝于任上，没有带走一草一木
家境贫穷，几块薄板，久未入土

澜沧江

听说你的源头遥远
天高云淡

充满魔幻的一段
神一般地住在这儿

我在这里认识你
多好

油菜花又逢春天
蜜蜂还没有来得及相亲
豌豆苗鲜嫩，几朵紫白相间的花
发簪一样插在坡地
春水长，半掩着江滩
鹅黄的野鸭，翘起墨染的尾翼
咕咕咕咕，发出求爱的叫声
一大群燕子，正在低飞
象征有一场雨

魔性的彩云，落入江水

空气间弥漫着致幻物

澜沧江怀抱着摩崖石刻

深居简出

2022.1.30

情深不寿

情深不寿的事一而再，再而三
有的化蝶，所经之处，花儿漫天开放
有的压在雷峰塔下，做千古传说

这样的故事在江南层出不穷
《镜花缘》中的造句算是因为和所以
"酒后举动，过于孟浪。"

我的老家有牛郎与织女
说得天花乱坠。还有琴台与知音
有人欠下情债，留下孽种，一走了之

不要以为写过文字就是证据
一个外国人断臂煮食，救活困在雪中
的女友。好感动人

夜已深。有人听我的故事吗？从前啊
有一座庙，庙里有一个老和尚和一个
小和尚，老和尚对小和尚讲，从前啊

既然情深不寿，何不皈依佛门

写过情书的手

抄写经文

2022.2.1

只此青绿

大宋何以穿越

美人与江山，可圈可点，不可或缺

一叠时光和尘埃中的山石

展卷、问篆、唱丝、寻石、习笔、淬墨、入画

每一块都动摇不得

每一块都喊得出英雄的名字

一位女主隐忍不住，在大殿里

长袖善舞，把江山弄得美轮美奂

一会儿逶迤千里，一转身，飞流直下

大浪淘沙，绢纸上的江山

滴雨不漏给外族

上朝的人换了，美女只记得英雄

相爱在千山暮雪、万水等闲之中

不问生辰，拜谒不朽

好奇一位十八岁的才俊

心里装着什么样的江山

会不会是空想

回到北宋，稳稳当当隐居在众山背后

揣摩英雄气短，只有几分钟的时间

美人啊，换一卷薄绢上的江山

只此青绿

2022.2.2

没有比文竹更好的隐喻

少年开始，喜欢文竹
从前放在书桌的一角
后来俗物太多，移到窗台上
再后来搬到院子里
总想给文竹找一个安静的地方

没有比文竹更好的隐喻
虽然瘦小，看上去弱不禁风
也是竹子的一种
梅、兰、竹、菊，四君子之一
松、竹、梅，岁寒三友
朋友不多，皆好

偏安一隅，无甚大用
像一首小诗
总会有人欣赏

2022.2.15

无米之炊

母亲提起围腰，把粘在嘴角的一粒米饭，摁在嘴里

我顺着一双筷子，下到碗底打捞最后一粒粮食

家里的小闹钟早已经饿成空腹

母亲的时间一直停留在昨天

生活的窘迫如陷入缸底的糙米

唯一的暴力来自饥荒

毫无还手之力的孩子像散养的牛羊

每一个肉身都可能是行乞者

天没有塌下来

我想说我的母亲是如何用无米之炊养活天空的

2022.2.17

落日与月光

可以放下的东西几乎都是空架子

比如说，一种卧床的姿势

挥手去打蚊子，在空中扑了一个空

数日没有出门

会不会在几步之内走完余生

还有几件俗物附体

没有说出的人和没有完成的事

路途遥远

交给落日和月光

还有香和烛没有烧完，不算后事

以后这房子易了主人

姓什么与我无关

有时候我挪步窗口

让影子先跳下去

一只爬墙虎抱住了我

2022.2.20

呼伦贝尔草原

至今记得，一朵花怀抱婴儿般的露珠
站立在呼伦贝尔草原
另一朵花蕾矮一点，站在一旁
额尔古纳河的风是绿色的
五月的雨中，我扬起彩色的雨衣
在草原上奔跑。这群北魏的种子
再也回不去中原

我骑着呼伦贝尔的马，又还给草原
驼背是最高的山峰
大篷车一歇千年，下车的人提着
长裙。风撩开红色的盖头

车蹚过河流，一阵男人般的
轰鸣
很远的地方，肉眼几乎分不清
是云还是炊烟，一棵大树像一株草
我弯腰的时候，像草原一样俯首神灵

2022.2.23

孤寂的森林

1

斜照，灰尘沉浮

窗外的麻雀啄木杀生

住在喇嘛的房里，早上的阳光和我老家的阳光一样

喇嘛在烧火做饭

2

拆除一条河流

我静静地看着流水。这是整个河流中的一段

石头、青苔、水草、灌木，影映的森林、蓝天、云朵……

潺潺流水，鸟鸣。我静静地看着河流中的一段

月光皎洁，星星点点，萤火虫散步

这是一条没有名字的河流

一点一点被记忆拆除

3

寺，远一些，神秘一些

庙，把神秘的事做得具体一些

观，每天晚上放出星星和一轮明月，风雨雷电，主管天上所有的事物

庵，是关起门来的小屋，女士的绝情处

唯有人间，在不断伐木、取土、采石

居无定所

4

山路盲目

瀑布一跃而下，练习波澜壮阔的样子

唯一认真的树在自己的历史上刻字

爱情是男女各吃一半的洋芋

一把剪刀，剪头发，剪枝，剪一切多余的部分

大山匍匐在神灵的光芒下，肉身被一只蜜蜂蜇得反复颤抖。

2022.2.27

贫僧

物资仍然短缺。一位僧人
在寺院的一侧种菜，一手提着篮子
一手采摘，弯腰，起身
顺手将杂草连根扯起

扔在篱笆外。这山里除了风和大雾
还有什么可挡的

那些绿叶菜、紫茄子，还有豌豆花
我咽下口水，胃部紧缩
僧人挽起篮子，绑腿上有一点露水
几棵莴笋一颠一颠地，这些素食

正是我当下极度匮乏的。记得
僧人与我对话时，反复地说

贫僧二字。我和僧人之间隔着
比膝盖还矮的篱笆
一根草拉住的空门

白菜的青与萝卜的白

我似懂非懂，一度让我忘了饥荒

2022.3.2

原罪

首先可以肯定的是，我没有棒子

棒子是有森林的，我没有

一根打狗棍都没有

狗是有主人的

我有两根向人间乞食的筷子

当然，筷子是有原罪的

取自于树的腹中

几乎可以肯定，未来我需要一根手杖

取自一棵小树的性命

或一棵大树的手臂

也有可能是一棵古树的一指

我无心打人，狗也不打

有一天陪着手杖，说说话

多么像我啊，头朝下

小心翼翼地追随主子的一生

2022.3.7

如果我去

如果我去

那时正是五月

花好，月不缺；高山深涧

地势险要的地方，悬崖，峭壁如屏

比人间平坦。地里的辣椒

可以招魂

所到之处，可以看见远山有雪

神仙还在过冬

一直不喜欢梨花带泪的样子

我想去看藏在深处的蝴蝶

不会选择三月、四月

山里的雨季

崩塌的山体过于残忍

我将于五月抵达山里

周围的生物正在发情期

山谷寂静，许多事情适合在五月完成

另一个好消息

失散的星星定于五月归来

2022.3.9

打盹

天空还给了蒙蒙细雨

鸟回到树林，抖动着小斗篷

我找来一张旧报纸，垫在有零星雨点的

木椅上，坐下

旁边的草坪灯熬了一夜，现在睡了

樟树的落叶还没有做好化作香泥的准备

一只橘猫在另一把椅子上

陌生的云带走一片河流

天空又还给了风

我打了一会儿盹

把我还给了天空

2022.3.13

生活习惯

与病魔在斗争中，如今不分胜负

我讨厌俘虏般的病人衣服

这与我的生活习惯有关系

不管什么衣服都挂在衣柜中

不折叠，更不乱扔

不让我的衣服受委屈

无论新的、旧的、破的，干干净净

保持穿在我身上的样子

我的衣服陪着我与病魔抗争

成功地作为我的掩体

并阻挡许多病毒的袭击

一个生活习惯，可能是怪癖

偏安一隅，让我体面地生活

病魔一次次让我掀开衣服

露出难言之隐

但衣服一次又一次替我保守秘密

一次意外的外伤

衣服替我守住了阵地

2022.3.16

"我已不需人间的食物了"*

在房子里跑圈的人,想起拉磨的驴

两只鸟在笼子里,一只愚钝
一只饿啄铁栏

人开始从窗口给人投食

君士坦丁大帝创造的一周七天的制度
在东方,除了计算孕期和例假
开始计算自由

和风,白白地从大老远跑来
雨水白白地跟着风。已经无人迎春

人们正在与丰满和鲜嫩失之交臂
与四月绝交

人间有约的流浪猫等候在小树林
有一种再一次被抛弃的感觉

一位孕妇肚子里的孩子赶往人间

君士坦丁大帝早已经解决了时间问题
上帝不会永远沉默
"我已不需人间的食物了"

2022.3.19

*源自格林童话故事《上帝的食物》。

砧板者

天生天养的白果木，取出一部分骨肉

经过反复修辞，有的为木鱼

修行一生。有的为乐器，与弦共鸣

因为天生的韧性，柔中藏刚

天然药香，成为蛀虫的大敌

性格使然，不弯、不翘

我与一块白果木同处一室

它为砧板，我做主人

我们搭伙过日子

我看上它的耐腐蚀性、富有弹性

抗高温又防潮。它可能看上我

迂腐、做事不留余地，冷漠……

命中正好互补

借刀杀生

这一块白果木活了一百年，一身是药

救了多少人的命

在我这儿为砧板者

与我敲出隔世的声响

为蔬菜和鱼肉超度

每晚我为砧板沐浴，靠在墙上

像一个面壁思过的人

我躺在床上三思，我们命运相似的一部分

2022.3.23

放风记

风怀抱荆棘，不知痛否

蝴蝶借腹春居

对于美，再宽容一点

蒲公英的白纱裙被阳光灼破一个洞

拍打蜻蜓的孩子不算杀生

打捞出水的蝌蚪罢黜青蛙王子的身份

鸟的路线是天空，每一棵树都是驿站

如果没有爱，万物都在人类的对立面

石头被时间反复缩小

甚至打造成精品

囚徒困境。已经不相信自己的视觉

依靠听觉与嗅觉，努力与万物为邻

在记忆中搜索出一棵桑树

再从缠绕的束缚里解放茧蛹

桑树顿时找到了母爱

而我的听觉告诉我有一只小蜜蜂

和我的嗅觉一起，围绕一片雏菊

脑子瞬间有采一把鲜花占为己有

的杂念；又放弃了

我不想与鲜花为敌

也不想与蜜蜂为敌

我站在春天这一边

2022.3.31

睡前书

睡前读书，又不读完
总是把一点悬念留给天亮以后
有的情节
会不会发生变化

关灯之前，与我同居的两只鹦鹉
道一声晚安
弥补一下对身边事物的关爱

从来没有忘记，把床头的茶水
换成白开水，抿一口
代表与白天的俗食告别

黑夜是自然规律
不止我一个人喜欢夜深人静

2022.4.2

神伤

五月的阳光慢慢走出花园。鸟归巢
灌木丛生，中年状态的草
没有长过一场雨水呵护的
白色雏菊的高度

风，神秘地带来箫的声音
像我熟悉的中原，笙吹送西征人
的泣涕

从树林中传来的
那里有一块空地、一把木椅
被阳光和空气清理了一遍又一遍
一位白发老妪正吹着葫芦丝
幽怨落在一张发黄的乐谱上

老妪收起葫芦丝，用手掌在上面
擦了又擦。把悠远的神伤
装在旧布袋里，从树林走过
我去的时候阳光收起最后的羽翼

2022.4.7

河运（组诗）

开卷

将江山缩小在地图上

在地图上凿开一条河流

用放大镜寻找那个微服私访的人

食指摁在越国

河流浅如纸，江山可以画

昏鸦吟老贼，小桥过布衣

码头上有摆棋摊的

我去赌一把河运

为江山打抱不平

天微燥

天微燥。河流不知归去，海纳百川
充满戏剧性的情绪波动
历史必须走回去，再走出来

我寻找的那个源头其实是结尾
刨根问底的人通常流离失所

一座闸门，可以让河流和大海相隔两千五百年
也可以虚拟一个相同的海拔高度
让洄游鱼逆水而上，帮助呼吸和世袭

入夜。天凉。人依然
甲板上的捣衣人面无表情
码头上挎着包袱的先生若有所思
混在撕票口的盗寇，小的毛贼，大的诸侯
其中一位是郎中，治江湖百病

一河流水，打一桶可以洗净船娘的爱情
月亮像一粒白色的药片

和千古愁一起服下

少安毋躁。河流走大运，东流去

水可载舟，亦可覆舟

船在船主的身体里，不能大过鱼腹的都是格局太小

一块河石从来没有改变被水踩在脚底的命运

水土互相不服

片断

春秋适合造势，异想天开
凿一条运河，去扬州看琼花

唐宋务实多了，打通一条官道
贿赂银子的人少走九百里弯路

清末的百姓已经不从河中取水
臭气熏天，月亮掉下去之后

一直没有爬起来
河里的鱼向天空乞求一点空气

有的河流，只能写到此为止
流水可以继续

天色

一位老船夫，已经跑不动码头

失去动力的船半截搁在岸上

他在河边垦荒，种菜

不远处的小树林有一群麻雀

叽叽喳喳。他听不见

阳光一缕一缕地落在老船夫的身上

又一丝一丝地抽开

船帮找不到对抗

两只船桨在乌篷上各自腐朽

芦苇已经掩盖另一半船底

风吹着他

他听不见任何风声

河中有鱼跃出水面的时候

他会看一眼

顺便看看天色

羊皮筏

把木头从森林里伐出来
和木头一起下山的还有几张掏空的羊皮

一条河流形成众多的食物链
没有人的时候，羊皮筏上站着一只鸟

一丝河风是最小的单位
雾是最大的面积

一块石头拴住
一人一筏一竿一斗笠

青石板沿着渡口走到河边，走完一生
赶路的人聪明，走完陆路再走水路

陌生的人同坐在一条筏上
似乎在印证，前世所修

河面不宽，河上正在修桥
几只羊和木头在一起，听着流水犯愁

古窑金砖

向火而生。一方隐归万年的泥土
被烧窑的师傅取出大地的舍利子
每一块砖上都有象征主义的御印
其实，价值连城的金砖出身卑微
雏形是良渚乡下的红烧土
竹竿和芦苇作为骨架
黏土、砻糠和稻草糅合在一起
所有的窑炉都在荒野处
于干柴大火的焚烧中
闭关一百三十天

因为墨客形容，以土为坯，以木为燃
以火为窑，以水为窨，以金为质
集五行而成大器
流传半个万岁

说是这么说的，到了长安
一半在宫中铺路，一半做了殉物

而今只剩下古窑废墟

舍利子归舍利子，泥土归泥土

蘸着清水书写的案台

是否当年遗落在江南的一口金砖

乌篷船

时间再晚一点，乌篷船的灯熄了

竹篙深入到河流静止的地方

拴着半个月亮

摇啊摇

桅杆仰望天空

风帆落在船篷上

站在甲板上的男人

搭着一条坎肩

水矮于尘世

慈悲无量的一碗饭菜

又仿佛量身定做的一只圆碗

搁在船舱的一尺方桌上

时间不能再晚了，乌篷船

抱着一块石头

没有比这更令人放心的事物

把波浪压得再低一点

鸟

鸟洗澡是有规律的

在河水中扑腾半个身子

飞到青石板上，拍打翅膀

扇开一排羽翼

头顶上的巢穴守着一片树林

古运河是流动的餐桌

鸟是天生的气象专家

比人类更加敏感和善于跟风

与树林、河流、野渡为邻

当一辈子荒废的国王

不知魏晋唐宋

但依然按时洗澡

比任何花朵更爱干净

鸟盘旋于半空

一直在打听流水的去向

风平浪静的时候，坐卧于水面

运河上不是没有家

摇橹的美学

天青色不知道黑夜与黎明中间的含意
黛瓦在等待事物的降临中
日出如宫，摇橹在啼哭

阳光并不知道代表什么。流水不腐
爱与不爱都在一条船上
所有的恨都是历险记

摇橹是一件颇有年代感的旧事
艳阳天。在一方头巾上找回丹青未干
出船的人，夫唱妇随

另一个人沉默寡言
一张渔网是空气的翅膀
此刻摇橹和空气正形成对鱼的包围圈

美学不可言喻。摇橹不产生语言
几十把摇橹是一个渔村
一个女人厮守着一把摇橹

运河上的名词会飞

有的名字可以夺命。运河上的土匪

叫水匪，劫富济贫的称义匪

还有许多这样堪称教科书的篡改

不知道把这些名字再叫一遍

会不会从水里跑出来

身怀绝技的船小二来路不明

少当家侠肝义胆与民女情愫暗生

每个名字的背后都有望眼欲穿的人

五湖四海免不了江湖的局限性

相互解围，花一点碎银子

船东家拜把子，通晓黑白两道的事

懂得官家的暗口，黑话、旗语和家法

运河上的名字会飞，有喻义

是有灵魂的。只有月亮誊写过这些

人的身世，太阳摁下契阔的戳印

有一些上岸去的人名字还刻在船上

喊一声就会飞回来

2022.4.20

杜英树

十分可爱的样子，杜英树
伸出红色的舌苔
天空变得热情而紧缩

每一季是完整的，发芽
一部分身体成熟的特征明显
开花结果。做自己最长的影子

杜英树有容易受伤的病
容易被太阳灼伤
风吹草动，受伤的地方容易折断

寄生性天敌需要后天的治愈
与天敌的前世仇人在同一片树林里
经常借一寸月光失眠

比灌木高一截，不如大树冲天
各得其所
坦然面对阳光加快的腐朽

2022.4.25

象征主义

雨水掉在脖子里，屋檐下不适合说话

人世间没有一滴水不是凉的

邮差站在门外投递一封情书

隔着门槛，送到的是一封绝交信

忽然想起某人的牢狱之灾

竟然来自一次从窗口递饭的隐喻

醒着不要和陌生人说话

梦中不要答应叫你的人

婴儿和临终者可以看见万物的本质

许多事不能明白得太早或者太迟

骨相有一些准确的地方，相由心生

灵魂住在肉体中，所以入土为安

推荐两本书，《易经》《本草纲目》

做一个形而上学的人，又相信真理

不相信上帝的人是危险的

还有一件事，不要拆除蜘蛛的帐篷

事物的隐喻都是象征主义

2022.4.27

棋盘塘

捡几颗星星做棋子

与风博弈。我行云流水

风快马加鞭。目前是一盘活棋

抱膝推子，我先下手，不一定为强

在风的地盘，游戏规则而已

还是后发制人的好

风盘坐在对岸接招

天上的星星渐渐稀疏，老天不慌不忙

收拾布局在棋盘塘的棋子

风诡异地一笑，借老天起身之机

下出胜负手。今晚的棋盘塘鱼死网破

本来还有握手言和的机会

不想日后听坊间的风言风语

我推枰认输，风扑了个空

周围的树观棋不语

2022.5.1

散步的狮子

不只人类有散步的习惯，动物
更喜欢安静。曾经有两头狮子
在落日晚风中
雄狮慢慢地走进夕阳
雌狮跟在后面，有时坐下来
摇动着尾巴。雄狮回头的时候
晚风也转身而来

雨中有两个人撑着一把伞
散步的面积不大。藤蔓下
一只猫踱步。蝴蝶回到草丛中
刚刚脱胎换骨的青蛙在水中漫游
睡莲抱住自己的青春回家
散步的狮子，已经走出画面

2022.5.6

抄《清静经》，与太上老君书

神化后的老子就是太上老君，即教主

请问教主，清静是否属于身外之物
有情或无情是否皆为烦恼
教主与庄子各占思想界半壁江山
哲学界一家独大。思想家、哲学家
其他人是否归类到好为人师的教育家
每抄一次《清静经》，无法平静

这世上只有两种人，知道，不知道
学术上一直存疑，本来没有道
何必惹尘埃。大道无形、无情、无名
是否说的都是有呢，教主
清浊、动静、天地、男女，谓之阴阳
通篇对应的反义词。《神雕侠侣》
一个通俗的诠释，世外桃源，在人间
有一句话我相信，存在有存在的道理
又是道。我还相信，既有清与静
也有浊与动。道也，应该是互为其源

抄《清静经》，与太上老君书

教主，经中为何没有中庸二字

再说，身腾紫云，与俗世境界一般

教主不悦，重抄一千年

2022.5.9

事物有自己的语言（组诗）

1. 瓦砾

在水中，我沿着阳光

沉下去，捞起一片瓦砾

或许是上游下来的废墟

从瓦砾的纹理中上溯几个朝代

不可能是土著，那时候这里没有人烟

另一种可能是从运河上来的

大风大浪打碎了一船金瓯

其实，弄清楚这一片瓦砾的来历

已经没有意义。对于不完整的事物

给不了一个完整的结论

2.支流

更喜欢一条支流，风平浪静

船舶经过的时候也有浪的样子

水清则无鱼，于是没有垂钓的人

这都是表面现象，水很深

水底有大鱼。这是一条支流

经城市而过，不可能弄得那么血腥

有一处观景台，许多人

观日出也观日落，向日葵一样

转动的脑袋。支流的亏盈由潮汐决定

令早上来的人以为支流如此宽广

晚上来的人以为支流这么狭窄

3. 土著

这里有农业，种油菜，远一点的地方
种蔬菜，更远的地方种麦子和稻子
与吴越连片。这里最早是有渔业
上游的一对夫妻在这里的一座荒岛上
打鱼耕种，生儿育女。遗憾的是
这里无山无木业，人们把美好的愿望
种在窗台、阳台、院墙或者瓦檐上
这里的事物有自己的语言，白兰花
白玉兰，蔬菜有自己的名字，上海青
鱼有自己的鱼，洄游鱼
吴侬软语，做人拎得清
吃得清淡，穿着山清水秀

4.寺

由于功德肤浅，一直没有去玉佛寺

但有所耳闻，一尊坐佛，一尊卧佛

我很好奇：为什么没有站佛

慧根法师朝五台，历峨眉，入西藏

到印度，礼佛后过缅甸

开山取玉，雕成五尊玉佛，并请回普陀山

路经上海时，法师累了，其中两尊佛

也需要坐一会儿，侧卧一会儿

于是留下来，在江湾镇造庙供奉

佛太大，地方太小，伸展不开

闹市区有一块大地方可以取静

果真一坐千年，一卧也是千年

站客难留。法师继续赶路又是千年

5. 是夜

星光不小心跌落在瓦砾的缝隙之中
月光宛如悲悯之莲漂移在河流上
一枝芦苇与另一枝芦苇的灵魂对话
石头与石头下的蟹有各自的生死观
远山是隆起的腹部，诞生亘古的草木
没有一个夜晚是可以回避的
就像所有文字的善恶是人间安排的

6. 良宵

船收拢翅膀就是要靠岸了
鱼反复试探河流的底线
芦苇的白发也掉光了，一个踉跄
倒在水中
野鸭制造一个又一个旋涡的假象
从另一个地方冒出来

水流到这里，尘埃已经很少
有的是乡愁严重的泥浆
还有一些至今也不明白
的石头，为什么跪着走了一辈子

一只酒壶从船舱来到甲板上
又有野鸭蛋和卤菜上船
一条河流总是由错综复杂的成分组成
三杯下肚，流水成了夺去青春的仇人
把风帆落下来，像一把钝器
把太阳劈到水里，一半做月亮
一半做情人。可以溺爱，不可溺水

不知道是多少次，发酒疯

吞下酒的骨头和灵魂

想与天上的明月交换一下位置

月在水中，船在天上，木桨开出桂花

借吴刚的蛮力，抽刀断水

水更流，愁更愁，说不定是一个良宵

7. 碧空尽

船是中立的，不倾向水的任何一方

桅杆不谄媚任何一方的风

波浪过的是一种日夜流淌的生活

也有一些事物生前并不寂寞

水底有东吴末帝布下的千尺铁锁

顺流而下，不知石头上的降幡在否

我只能拿江南的钟楼和江北的油菜花

作为参照物。在水上，没有世交

曾经从江南坐帆船至江北，船很破

又从江北回到江南，还是那条破船

我这一生的颠簸仅限于此

中间穿插的故事后来被算卦的人破解

坐船的时候朝水中放一枚硬币

从此，风平浪静

8.麦秆里的太阳

每一座大山都有一条属于自己的河流

像一位盘坐在天空吹着麦秆的人

鼓胀腮帮，把太阳从麦秆里吹出来

洗衣服的木盆是河流的上游

木盆里的肥皂水中住着一万个太阳

黑不溜秋的男孩，蘸一滴肥皂水

一边吹着泡泡

一边追赶太阳

麦秆年年生长，眺望着天空

吹麦秆的人和太阳一起下山了

山下是盆地，也叫坝子，吹麦子的人

走得快

太阳卡在山梁上

洗衣服的人端着木盆去河边

木盆在旋涡中打转

太阳在肥皂泡里谢绝流逝

或者从念旧的衣服中拧出来

坝子上的麦子一节一节

认真地做着吹泡泡的麦秆

9. 老井

除了灵魂，寺院里的仰望之物

都在我——朝拜之后，出现在笔端

唯一让我弯腰俯身的一口老井

县志尚无记载。这是一个例外

但有一块木牌立于井旁，依稀可见

传说宋朝……太破旧了

历史不可能完整地记载每一件事

其实井水一直在暗流涌动

风到不了井底，所以没有涟漪

那些取水的人不沾尘埃

在那个缺少镜子的年代

俯身在井口，感叹岁月

一根粗绳拴着碰得凹凹凸凸的铁皮桶

现在来井旁的人用手比画着如何打水

以讹传讹。有人踉跄一下

突然想起还有一级台阶

这是老井唯一高贵的地方

10.喂养

喂养过我的有母亲，大一点说
有故乡。无法再大了
另外一个喂养我童年的是，贫穷

这几年我访问过一些河流
水是往下流的

曾经一贫如洗的河流
抓半把米，熬一碗米汤
搪瓷勺子抖了又抖的几粒白糖

岁月是模糊的。记得母亲剥开糖纸
把一粒亮晶晶的糖喂给我
母亲把糖纸舔了又舔

还有一些补钙的东西
性格、骨头和吞在肚子里的牙齿

冬天喂养过我一场大雪
现在已经没有那么浩瀚的雪了

11. 沉船木

打捞沉船木的人，将苦海挖一个洞

沉船倒出一肚子苦水

苍黄的本色，粗大的铆钉已经锈蚀

留下不规则的洞孔

每一块沉船木怀揣沉重的心事

船长和水手弃船而去

航海图藏身鱼腹

我在一块沉船木上寻找风暴的咒语

沉船木是大海吃剩下的一根骨头

2022.5.22

码头上的搬运工

枯水季节修筑的台阶

已经不够现在的低水位了

上船的跳板只有一块

越来越陡

卸货的人极力保持身体的平衡

上货的时候胸脯与跳板几乎平行

电影里经常有面黄肌瘦的搬运工

在鞭子下干活

这里没有

搬运工蹲在码头上

有船来的时候一哄而上

谈好价钱开始干活

船老板付工钱

有时有活干

有时几天没有事做

家里等着钱买米下锅

工友之间也互相借点钱

但是不多

原来抢一点活干，赚五十块钱

买了米又买油

现在买了米买不了油

只好各买一半

2022.5.29

红衬衫

穿过几件红衬衫，每一件都洗到发白
正好与我年久失修的身体相衬
虽然深浅略有变化，款式稍微不同
仍然被老朋友调侃，一生穿一件衣裳
符合我的性格，一生一种悲喜

红色是危险的。像一个四处斗牛的人
骨头有时候发出咯咯的叫声
柜子里其他颜色的衣服在一起
红色孤单地在一边，不太合群

现在穿的这件红衬衫已经十七年
纽扣掉了一颗，肘关节处磨损了
背脊一直靠在木椅上，也薄了
纯棉布的，穿着舒服，
软软的，有些光滑

衣角有一处破洞，那时我还抽烟
生活不稳定，有点像磨烂的衣领

报喜不报忧，总是把苦难藏在背后

红衬衫除了包裹我不会游离的骨头

并无数次从口袋里翻出我的姓氏

2022.6.1

风水物语

山里藏着风水

除了金、木、水、火、土

拟人化以后相生相克

有些石头不宜搬动

有些古树不要合影

要懂得听完流水的经书，明白去向

等半山的云先走一步，仙人可以指路

不要轻易提问，有些事不必知道

晚风落日有先有后

不要弄坏别人的风水

算命的先生每日早出晚归

从来不算自己的命

风水是存在的。是否山越深，水越长

风水越好

万物皆可商量

2022.6.5

树林

阳光模仿下雪的样子，落在树林中
蘑菇撑着一把伞，在樟树旁
等待去年坐在石头上吟诗一首的人
小得要命的铜锤草，名字好大
这是一群被人类迁徙过一次的幸存者

只有风吹过的时候，睡回笼觉的鸟儿
睁开眼睛看看世界有无大事发生
喇叭花爬到最高处
从来不议论人间的是非
有的蛹化蝶，有的被另一类昆虫
掏了老巢

一堆石头忙于琐碎的事，应付人类
的各种情绪，坐着，躺着，倚着
偶尔有树上掉下来的虫
像无家可归的流浪汉，流落在石头上
再次被人类赶走。还有一队蚂蚁
为什么不走平地，从石头上翻过去

一位吊嗓子的人来了，高一声低一声

不是哑嗓，就是破音。陶醉得很

面对这样一件抒情的事情

小鸟发出喳喳的叫声，表示抗议

然而，抗议无效

人类听不懂自然的语言

2022.6.9

苦吟，清越或嘶哑的流水

六月的天空声音突然清越。

长江口的风浪经历短暂的变声期后。

海鸥度过了乞食的聒噪。

水杉和芦苇守着各自的水域。

长途跋涉的白鸽哨声低沉而嘶哑。

一个黑点从地球的另一端出现，船。

帆刚刚摸过太阳的头顶。

至此，流水观止，已经是最低处。

一间草棚，在陆地尽头，四面通风。

有一只船覆在木凳上，空荡荡的。

把锈蚀的船钉拔出来，修复船的一个音阶。

草棚贫瘠得像露着肋骨的歌手。

风把长江口苦吟一遍，如是退潮。

2022.6.11

过菩提寺

山门不怒自威。许多人往回走

说明老街暂不开放

菩萨无法保证每一个人不染疾苦

另外，不自觉的游客抚摸菩萨的衣袖

也会留下病毒。在桥上仰望菩提寺

只见一片树林，多少有点失望

不可否认，有点功利地来一趟

想求个中等偏上的签，补一下上半年

虚弱的日子。我直奔主题

菩提寺闭关，只能远远地双手合十

感恩上次来这里，带给我的好运

其实，我生活的地方离菩提寺不远

水相流，如果下雨，共一片云

无事不登三宝殿。这次临时抱佛脚

绕道而行，天下起小雨

感觉是菩提寺的菩萨

叫我先回去，听候消息

生存不易，菩萨也会谅解

一路上有人小跑

每一滴雨都是欢喜

天空上密布着密宗

2022.6.13

六月的雷

感觉六月的雷是成熟的。沉默了很久
轰隆一声，天空的天花板塌下来
地球像陀螺被皮鞭抽了又抽
时间转得真快

六月的雷把雨水点燃，烧向人间
一切冒尖的事物，孤独者
都有可能是一触即发的第一把火
孤舟，独行者，野寺……
因为六月的雷，覆于江中，尽于山外

不像俗世那样小声小气，不拖泥带水
对于雷，居高临下者怀有天生的敌意
雷一直在克制自己
也懂一点人情世故

六月的雷张扬的时候不可一世
收敛起来于三界之外

田园生活因为雷将天空打了一个洞

开启雨季，勾兑万事万物的渴望

2022.6.18

尘埃辞

尘埃不是一个小摆件

地球是宇宙中的一粒尘埃

太阳和月亮

是距离地球最近的两粒尘埃

人类是比蚂蚁大的尘埃

蚂蚁将地球打了一个洞

我们的粮食是尘埃种的

如果没有尘埃,世界是一位白血病人

那年在香格里拉我遇见一颗流星陨落

像一团火滑过,世界如白昼

十秒钟以后,流星坠落在千里以外

的另一个国度

这颗流星一路燃烧身体中的尘埃

落地时不过是一团煤球

佛龛上积满灰尘

时间不过是不甘寂寞的尘埃

是的，我的一辈子在反复擦拭浮尘

又在尘埃中来来往往，生活一辈子

我曾经将尘埃堆积成一座城堡

封上四边的城门，中间放了一把泥巴捏的手枪

2022.6.19

迟暮年华

晨昏颠倒。从前虚拟的迟暮年华
嗜睡，念旧，其言也善

岁月是一把拐杖，老是故伎重演
退出江湖，藏于市，欲归隐山中

俗人，有一些俗事、俗物
俗气，死灰不会复燃

已经拟定将去的地方，与慈悲不谋而合
预计冬天抵达。篝火与星空
我老骥伏枥，前面那座石头房子是我住的地方

入乡随俗。门前必须要有一盏马灯
不要用电的，一定要煤油灯
背井离乡，骨气耗尽，留点灵魂吧

时间换天空，一把干柴般的身体
还在设计去背另一捆柴火

幻想炼几粒文字的舍利子

给我留几根木头，一块石头，日后取火

2022.6.22

诸法空相

时间衰老得很快。诸法空相。

不久以后，女儿替我活着。

我看见的都是吉祥物。

母亲说你所遇见的都是帮助你的菩萨。

出生三个月的鹦鹉已经是人类少年。

人类少年即将举行成年礼。

古寺的门上有锁。我扒开门缝看见虚无。

患难之交免了君臣之礼。

门前的老树是否廖化？

充当救驾的先锋。

在母亲怀抱的事不记得了。

遗传一样的头晕，看不清事物。

母亲原谅了在眼皮底下作恶的苍蝇。

宽容了蚊子的作案动机。

只有天花板知道头顶的遭遇。

我毫无保留地抄袭水龙头滴下的戳句。

蜘蛛的宗教是教会人们如何偏安。

所有的文字都被安装声音和注释。

每一次西装革履出门，锁落在铁门上。

另一个袒胸露背的我被锁在里面。

走在街上，我像极了一根吸管。

插在空无的奶瓶中。

2022.6.26

陆渡

陆渡是个镇名，潜台词是有陆地和水的地方

陆，是吴国的大姓，贴水而居

我去陆渡的时候，过一座黄色的旧桥

附近的村民聚在一起，赶雅集

也不是完全为了挣钱，习俗而已

习惯留一两捆菜，带回去自己吃

我去浏河走了走，江尾海头处

没有深入，担心底蕴不够

讲不清楚秦、西汉

但我还是滔滔不绝地讲起长江来的水

因为来自我老家的门前

历史的交界处，免不了几分荒凉

耕田、种地、打鱼、经商

游手好闲的。一水之隔

一只水鸟成了吴越的信使

标志性的建筑是一根欲与天公比高低

的烟囱。原来是一座老砖窑

荒废了。烟囱的铁梯上筑起一窝鸟巢

还长出了绿叶。看来鸟巢也荒废了

有些事不宜评论，不宜过早下结论

秦、西汉之后，唐、五代

在这里有所作为。我离开陆渡的时候

换了一条路，经过一座庵、一座庙

放弃了采一朵花的念头

2022.6.28

抱恙书

抱恙两日。其实积累已久
抵抗力下降只是爆发的导火索
身体是一个五脏俱全的小国
中西餐混搭，冷热不忌，囫囵生熟
这么些年不是没有生病，是有病不看
不肯吃药打针，忌讳被别人知道
终究没有熬过岁月，战胜的是时间
输给的也是时间。看似强大的汉子
若有缚鸡之力，也不会卧床两日
看着窗外的南方，这次病与思乡有关
落叶归根，这个心病时常发作
很多时候把窗帘拉上
许多事是一帘幽梦
如果非要大病一场，才能明白几个
人生的道理，代价未免有点大
昼夜半掩一扇窗，风和窗帘保持交谈
即便如此，我并不准备刮骨疗法
承认有病。骨子里的东西让它去吧
不伤筋动骨

2022.6.30

与树说

站在讲台前，一群树林在我的对面。
已经几易其手的未来。

我说了三句话：你们面对一根朽木
和几块实木，
不必谦卑；

不必安静，交头接耳，
叽叽喳喳是树林应该有的样子；

搁在门口的苗木可以站在讲台两边，
我会像珍惜灌木一样呵护。

站着，或者找个草坪席地而坐，
是我习惯的方式。
坐着的时候，像老井上的一副旧辘轳，
把井底的水打起来。
每倒出一桶水，或者半桶，
周围站着的树都会欢呼一次。

无关其他，我只是想和树林在一起，

站着或者坐着。

2022.7.1

夏至这一天没有影子

夏至午时，我与一棵树各自独立

没有树影，也没有人影

影子藏在彼此的身体里

看不出一点破绽

树上有蝉鸣，耳膜有回音

蛙的腹部是白色的

水捧着睡莲，不偏袒任何一方

太阳有公正的一天

这个时候我应该想念

山里遍地的红薯叶

那些深埋在地底的粮食

我和父亲背着米袋去乡下换吃的

夏至这段时间正好每年的青黄不接

粥熬着红薯

我偶尔吃一点红薯藤和叶子

以示对岁月的纪念

夏至这一天没有影子

风过得没有意义

红薯地里的一大块石灰岩石上

一只绿色的蚂蚱

好看极了

很多东西出来晒太阳

小溪里的螃蟹，山龟

它们晒背，吸收钙质

一年中白昼最长的一天

落日在道路尽头的两幢房子中间

燃烧很久，杂乱的电线

足够虚度一生

没有必要看破红尘

夏至以后开始准备东风破

一棵树和我，无人抚摸的植物与动物

唯有这一天，没有被篡改

2022.7.4

夜读李叔同

一本关于李叔同的书压在枕下
那年他三十九岁，芒鞋布衲

我也是这个年龄离开故乡的
拎着行李箱，除了名字
都已经改变

再过些年，活到与李叔同一样的年龄
或许我比他活得时间更长一些
可以肯定，我没有舍利子

三更，我枕着关于李叔同的书
打听佛的下落

我读到他三十九岁，做了个记号
不读了。喜欢他在人间的事

记得我三十九岁以后
大多数时候与这个世界一对一相视

2022.7.6

渡口

好久不见渡船来。渡船与我一水之隔

比我更有耐心的是黄葛树
等了四百多年，树下的石头
真的烂了。最后一位渡河人没有回来

这个季节小河水满，河边山花烂漫
石头和沙滩一半在水中
唯一缺乏相送的风

我坐在黄葛树下，看着河滩种菜的人
扛着锄头，锄尖一闪一闪的赞美之词
落日写完了河流的最后一段

河边种菜的人可怜我等了半辈子
说，渡口早已经不渡人了

2022.7.9

半亩荷塘

穿过老屋夹道的小巷，有半亩荷塘

荷叶圆满，荷花经过风的加持

一部分莲蓬苦心转世

许多干净的事物经得起美化

几瓣落在水上的荷花如美人迟暮

周围的房子也都老了。老房子有门槛

我坐了一会儿

看着高于生活的荷花

我不会高于想象

忽然发现我老了以后，会不会像

某一棵莲蓬老了以后

孤零零地在水一方，先是被风腰折

然后萎缩，空洞

2022.7.16

凉灯村

有些细节，在山村的一个早晨颠倒认知

山里贫，好看的石头不能当饭吃

缺乏土壤。先人们把一点点土

种植水稻。在房前或屋后仅有的空处

用石块垒起来，找一些土填上，种菜

这样的一些细节中有凉灯村人的背景

几百年来，把可怜的一点土地

留一部分种植烟叶子。与山下来的烟贩子

交换盐与银子。银饰是一个家庭地位的象征

无银不嫁。种植烟叶子的地种不了其他庄稼

有一种比烟叶子花更加好看的花，早已经灭了

这个早晨，一位烤烟的山民从水田的雾中

走来，往烤烟房的火炕里加一些木柴

我蹲下来与烤烟的人聊天。这是一个做人的细节

烤烟是村上的活，虽然只有十几户人家

每家都有份的。他递给我竹根做的烟锅

帮我填好烟叶子。我必须吸一口

我知道只有这样，才能听到最好的故事

他说水田里种的粮食仅仅够吃饱肚子

种点烟叶子也是传统的担心荒年的办法

很多时候，粮食是没有意义的

几杆烟锅凑在一起，填上烟叶子

从火塘中夹一块火炭，这些细节

决定很多大事。我被狠狠地呛到一口

2022.7.18

桥

有一些流水过不去的地方，绕道而行
甚至改变方向，形成支流
石头走累了，不再走了
定居在江滩上

一座旧桥悬空
另一座古桥早已经沉入江底
桥头堡的石碑上的记录，有点瑕疵
有意无意，回避一位改变历史的人物
江山易改，废墟没有资格大谈人性

古桥不再，风依然，旧桥尚未拆除
在暮色中，铁锈比夕阳红更加冷色

我把车倒了又倒，走一段回头路
刚才逆水而行，现在顺流而下
找到第三座桥的时候，桥下有几位
看风景的人。这是一座斜拉桥

比起古桥的虚无、旧桥的危险

这座桥的另一端种满芭蕉树

2022.7.19

高黎贡山的咖啡豆

半夜山雨未眠。我与流水没有隔音
辗转反侧，明天下山的路，大雾
泥石流，因为滑坡横在路上的大树

到山里看星星、月光浴，早上观日出
的理想，晾在一地高黎贡山的咖啡豆中

简陋的房子，墙角有漏雨的地方
一位捡咖啡豆的老农妇，捡一会儿
用手扶一扶绳子绑着的眼镜，白发
一缕一缕，咖啡豆一粒一粒
抬头看看走近的我，算是礼节

我想起路上遇见的一只美丽的鸡冠鸟
在山中孤独一生。丁香花站在路边
这位老农妇是山上捡咖啡豆最好的

每捡一粒咖啡豆，像天上
每掉一滴水。雨落在山中

咖啡豆落在簸箕里

我反复走近山雨，又退回来

老农妇一粒一粒地捡咖啡豆

山里发生的所有事已经与她没有关系

捡好的咖啡豆也与她没有关系

一滴雨水，正好一粒咖啡豆

一座大山，正好幽静一颗心

2022.7.25

石头上有排比句

我唠叨一些细节，控制不住句子结构

早上五点起来写作，或者阅读
即使在山里，也没有被安静所迷惑
借着最长的月光，感受万物相安
空腹与洗漱，转身天已经蒙蒙亮
有些句子是捡来的。昨晚应该下过雨
植物上有金句，石头上有排比句
心情和事物无一例外地被穹顶罩住
这是宿命。我尽量把文字缩短一些
力求独一无二。我的第一读者在山外

审美疲劳之后，换一种姿势。一匹马
的背上有阳光，马鞍卸在古树旁
捡来一根树枝，撑住即将垮塌的边坡
典型的象征主义。读者好奇这些细节

南诏国的许多决策是这匹马驮上山的
古树群充满悬念。拴马的绳子

与一棵小树保持善意的距离

马头上有一道彩色的修辞

赶马的人一身道袍，有爱美之心

另外一个细节，马鞍与马

的内侧与外侧，有磨蹭的光亮

犹豫片刻，我把磨难的事情记录下来

以免读诗的人对于马隐忍的误会

我唠叨一些山中细节，又换了一座山

2022.7.27

弥勒云（组诗）

1

向日葵站在天空的边线上

还没有绽开的部分独自练习芭蕾

那些泥黄的土屋、白色的烤烟房

一棵古老的黄连树，在山坡上守望着

仲夏几乎肉眼可见地盘旋在山村

向日葵绕出一圈金丝

晚上，山雨如约而至

垂直地拉出抽象的银线

在一望无边的蓝天下，有白色的老虎

蹲在山上。那是族人的图腾

尤其是在傍晚，山谷退还给炊烟

卸完一捆干柴的男人从背后抽出砍刀

一棵不堪重负的芭蕉落在他的肩上

黄昏降临夜雾，弥勒云是一群白色的虎

2

自从时间迷路以后，森林忘记年龄
烟叶花没有陪伴烟叶走完一生
时间放弃了种植烟叶的人住的木楼
和木楼旁的羊圈。岁月留下的废墟
上山的路途经常可以遇见打柴的人
扎着头巾。山里的冬天占人生的一半
古老的石头垒起的水塘旁，有人捣衣
有人打水。石头已经失去棱角
水快被烟叶子吸干，等着老天赐雨
一层一层露出水面的石板，深不见底
这是一个遥远的地方，人们逃进森林
又从森林中走出来。带着心中的老虎
经历毒蛇、野兽和战争，大碗喝酒
种烟叶子的人抱着一杆有灵魂的烟斗

3

天是空的。因为没有风，万里无云
三个小孩头顶蓝天。世界小了许多
一个孩子手举荷叶，一个孩子扛着
尚未成熟的向日葵，女孩关心花朵
一台手扶拖拉机在给陌生人让路
这些纯朴的人，住在世界屋脊上
种植、砍柴，一切都在为冬天准备
甚至从蜘蛛网下钻过，没有打扰蜘蛛
午后会有一场阵雨，这里无尘可洗
雨打芭蕉，水滴会在木屋上待一会儿
世界缩小在一个山村里
三个孩子在雨中撒腿奔跑。雨停了
山上的流水有些泥黄
这些水还没有做好准备，流向哪里

4

山村有些老房子，会与一些传说相关
依稀可见当年的石匠留下的符号
风雨太大，侵蚀了薄弱的土坯部分
朽木用来怀古，有的根基几乎虚无
每年都有年轻的草从墙角冒出来
一群羊肆无忌惮地啃着
逢年过节，后人给老房子供奉酒和菜
燃一串鞭炮，念念有词，香火未断
山村没有什么风雅附庸。黄色的是
油菜花，白色的是梨花，一根红布条
系在老房子旁的黄连树上，寓意吉祥
一些树干支撑在墙角，象征顶梁柱
有老房子的地方有烤烟房，各种传说
烤烟的人说一半，另一半吞在肚子里

5

远古的舞蹈没有文字

依靠古人钻木取火的故事

阿细彝人围着篝火跳着三弦舞

茫茫森林，漫漫长夜，刀耕火种

在阿细彝人这里不只是一个形容词

奴隶在烧荒的过程，赤脚在余火中

跳跃。阿细跳月的背后是辛酸的历史

与世隔绝，深邃的眼睛里有彩云飘过

一支竹笛，甚至一片竹叶，可以传递

爱情。一张牛皮可以做世上最好的鼓

取一块古老的杉木，拉起蚕丝为琴

拨动最深的心事。山村不是没有爱情

没有爱情便没有远古的舞蹈流传至今

音乐是真正的活化石，可以续命

6

一只鸟在叫另一只鸟，一只芭蕉的手
搭在另一只芭蕉的肩上。天空
把大家庭料理得干干净净
牛、羊和马私奔的山路都是敞开的
村长说这里的猫抓老鼠。烟叶子
和庄稼抢土地，没有多余的粮食
遗漏在田边的几把麦子与向日葵
讨论地盘问题。阡陌是历史的答案
一朵乌云飘到另一个地方落雨
一堆石头搬家到山下做一间房子
暴雨抱起山上的一棵大树，跳到路上
一位老人口中念念有词地挪开树枝
星星、月亮和风，借居在此
寂静是山村最好的佛语

7

宅基地是方的，水塘是圆的
这是古人定下来的，做人的规矩
年轻人正在拆除大山的一部分
把倾斜的老房子扶正
山上的密枝林是神灵居住的地方
德高望重的毕摩与神对话
整座山上完好无损的是一潭清泉
不拒滴水，谦卑地守在低洼处
空灵的鸟鸣与虚无的清风窃窃私语
小草的鼻尖总是抵达露珠
毕摩按照神灵的旨意搭灶，生火
每年为村寨祭祀密枝林，风调雨顺
年轻人把所有石头和流水还给大山
将一部分整理好的老房子交给历史

8

使用第一人称的方式与村长聊天

聊至神，气氛有点尴尬

四周的石虎、黄连树，遗址

先人用过的服装、银饰、农具

甚至姓氏、家谱，皆是神灵

草木充满神性。村长说这是故事

谈了几句粗茶淡饭布衣，烤洋芋

推说家里烤烟房需要添加柴火，走了

看来第一人称的聊天方式没有被信任

我还有严肃的问题：失学儿童

孤寡老人以及留守人员的性压抑

我发现自己犯了一个致命的错误

应该先吸一口水烟

生活有很多细节

9

缟身如雪。跑去山头的一只白虎

是石头做的。心肠也是石头做的

传说修行的人能够遇到白虎动一下

我从山下经过的时候

路绕着山转，山绕着白虎转

我没有奢望白虎起身

但我看见白虎铜铃大的眼睛

炯炯有神，直视着我

有些动是看不见的。白虎一动不动

目送我。车颠簸了一下

我侧身时，看见白虎转身的影子

天空上有虎爪一样的足印

一位留守的妇女在水井旁捣衣服

使劲捶打了几下水中的白虎

2022.8.11

铁打的河流（组诗）

三江源

俯下身去，我吸一口三江源的水
仿佛一口气吸尽了三江
跪着的样子，像一个孩子
在母亲的身体上寻找乳头
我贪婪地吮吸那么一口
几乎令三江断流

我摘下一截草尖，放在水中
像我打造了一只木船
被风吹得横冲直撞，几度搁浅
扶正以后，终于顺流而下
这是一种需要颠覆许多回的事物
但我完成了一次出发的心愿
并且始发于此

一种孤寂者的美学
一个吃独食长大的孩子的地盘主义
已经十分疲惫不堪
一口饮尽，见到三江源的河床
纵然一齿深，两唇之间

铁打的河流

一块铁打的河流示意牌，粗糙地画出

三江源，盘古以来，禅让的布局

高原的太阳、冷风、暴雪

把示意牌上的油漆弄得斑驳陆离

但依稀可见夏商、魏晋、唐宋、明清

水不分朝代，没有国界

尤其是中下游河流已经改道的事情

这里的人还不知道

没有关系，江山之内

随便折腾。但我得弄明白六月的水

是如何被一夜冷风吹成薄冰的

早晨的阳光，又说了什么释怀的话

我忽视了一个细节，孤家寡人

守着这块示意牌

不再被过客胡乱涂鸦

一朵花开在丢弃的轱辘中

大唐古道。一朵花的种子出身贫寒

大风起兮，马蹄声中

或许粘在朝拜人的鞋底

留下尚无学名的种子

一粒，是最开始的量词

延伸出一缕清香、一抹烂漫的后缀

一朵花开在丢弃的轱辘中

也许这个世界上只有一个人发现

一个人欣赏。一只鸟为之超度

不远处的草原是花的故乡

一阵风决定了一朵花不归的命运

车轱辘可以继续腐朽

无论贫穷与富贵，已经没有意义

一朵花隐藏着芬芳

不在乎风的偏见

一朵花是一个大唐

风拉起一件云袍

无意征服。雪山在脚下的时候

我还不知道。干牛粪垒成的院墙

扎堆的土砖房，牛、羊和马伸长脖子

吃不着木架上过冬的青稞秆

每一座山都是空门

如果不是银装素裹的

雪，我还以为在草原上

这是唐古拉山。剩下的最后

海拔二十米，如此接近顶峰

我退下离去。风拉起一件云袍

天空飘起大雪，神灵将至

穿越

凌晨两点启程，沿着唐古拉山脉
右边是深不见底的那曲河
只能一辆车通过，其实这个时间段
没有车。冰川的湿气，悬崖
上的雾水，路是凿开的挂壁路
有琥珀一样的反光，那是薄冰

恐惧的是河水的咆哮
也有人称这里是雅鲁藏布江

贴着悬崖走
尖锐的石锋几乎逼在车顶上
停下来，缓解一下紧张的情绪
有雨雾趴上玻璃
白色的，幽灵一样的东西是小雪
车顶有颗粒状的坠落物敲打的声音
峭壁上一只小动物的走动
可能引起泥石流

天将亮，我终于看见昨晚

在悬崖峭壁上，我如一只黑蚂蚁

浑厚的怒江突然出现在峡谷

万匹野马般嘶吼奔腾

人类无法控制地由南向东

故事

山中雨冷。悬崖上挂着天梯与独屋

时间在挽回一些事

半壁黄，原来是一棵古杏树

又落叶

一些事经年无法挽回

屋前有僧人劈柴，手起刀落入木深处

然后抱薪取暖

火钳、铁钩、水壶，万千俗物

抵不过一件百衲衣，缝缝补补

陶器里是茶叶，葫芦里是药

一把小竹椅，一块香客送的素花坐垫

不说是非，有人冷暖

僧人在火塘旁习字

找到了山中最好的修辞

有些劈柴烧成了灰

有些烧成了木炭

僧人将灰和木炭铲到屋外的雨下

一缕青烟，讲完人生的道理

续灯

大佛寺的一盏油灯悬在半空中

续灯时由一根绳子放下，再拉起

大多数时间拴在柱子上

颇有点提得起、放得下

甘于寂寞的样子

因为油灯始终亮着

这里与黑暗和黎明基本上没有关系

庙堂之高

偶尔有香客带一点尘埃上山

我看见一只蜘蛛沿着绳子往上爬

续灯的油有人续一滴就满了

我续了又续，油灯深似大海

依靠着一根捻子在呼吸

天路书

去西藏的路上，沿途有遗弃的推车
剩下一些车架，其余部分拆走了
像我在荒漠中见过的一堆羚羊骨
被狼吃光肉体，剩下的呈犄角之势
瘦弱的肋骨，仍然怀抱着蓝天

偶尔遇见报废的汽车，空荡荡的
像一头走完风烛残年的野牦牛
没有玻璃的车窗，不甘空洞的眼窝
如此庞然大物，无法保护自己
彻底向生活缴械

唯独没有见到这些车子的主人
理想输给了现实。我给磕长头的人
一些钱和食物，再三致敬
转身向牵挂我的人挥一挥手
天路狂草，没有收住最后一捺

放羊的人发出一个单词

深入山中，没有问路的人
放羊的人，用羊鞭说话
但我看见他拿着树枝，在地上写字
我经过的时候，他的布鞋把字擦掉

仿佛一个被反锁在山中的人
又有点占山为王的味道
与万物打着谜语。狭路相逢
羊在争先恐后，头羊统治着族群

放羊的人发出一个单词
头羊也跟着发出一个单词
语言太多容易产生隐喻
一个象声词更容易征服

越往山中，越感觉语言是一种寂寞
赶羊的人与羊交流之后
水与石头、花与蜂、鸟与天空的沟通
象声词是大山最有感染力的表达方式

再过些日子

水是渐渐少的，一直到无

剩下的石头抱成一团

偶尔有落叶探访。天空失去倒影

云淡风轻地尊重自然规律

蜗牛爬了一辈子，占据着一棵树

以为抵达山顶，袒露出肚皮

小鸟从来不去最高处

山顶有两棵树，一棵遭雷劈过，已亡

另一棵被认定为风景

其实，岁月是两棵树一起掠过

不分彼此。同行的人正在谈论

征服了一座大山。我准备下山

尚有许多未去的地方，千仞悬崖

万丈峡谷，越是低的地方

越是难以抵达，甚至无法

俯瞰是古人营造的一个很贴切的词

再过些日子，山里该下雪了

柴火和火塘准备好了，人们守在家里

日子就这样一天天地过

悲悯物

三江源是老天借给人类的悲悯物

赶在阳光拆除薄冰之前
蚂蚁扶着倒伏在冰面的杂草过河
藏羚羊舔舐着水珠里的月光
饶舌的鸟飞不到这个高度

扔一粒石子就可以溅起
人间最高的波浪

悲悯物总是往低处去，高处是玛尼堆

2022.8.15

在大渡河的上游

在另一个地方或事物中找到自己

大渡河的上游，万仞绝壁，无路可走

我看见某一段时间的自己

隐约可见山羊的影子

在悬崖上闲庭信步

那是又一个自己

尤其是刚刚出道的天上来水

一副奔流到海不复回的气概

把我第一次远走高飞表演得

淋漓尽致。最辛苦的是骡马

世界上最孤寂的物种。负重前行

把石头踩出了洞

我在骡马道上攀爬的时候

也放下了上肢

一棵树抱住岩石，找不出土壤

岩缝中不知道从哪儿来的水痕

一朵米粒般大小的白花

反复地告诉我，皆为万物的一部分

2022.8.16

今年夏天

遇见一条小路，把我引入不安

一只小松鼠的旅行从一棵树到另一棵树

长长的尾巴像拖着的行李箱

而我，背着黑色的双肩包

漫无目的，什么地方都可能是目的地

需要一个夏季，把我晒黑

一座尚未完工的斗牛场，我与另一个我

斗了一场，还有一个我在做裁判

一万个虚席以待。与我无关

沿着小路返回，有一片松树林

其中一些松塔，一群松针已经完成了旅行

这样的形容有点悲伤

尤其是对于那些被小松鼠叼走的松子

整整一个夏天，太阳晚上八点下山

2022.8.17

雨披

雨中。花溪的街上，我披着一件雨披
站在街头一角。卖雨披的人也在淋雨
另一位淋雨的人从我的身后过去
是一位背着背篓的老汉
一件长褂搭在紧跟着的小孩的头上
我的眉毛上挂着雨滴
一场太阳雨，造成这些身外之物

我对大雨是没有准备的
迟到已经成定局
无权过问想见的人是不是也在雨中
那里不是有雨披可买的花溪
但有长长的芭蕉叶和圆圆的荷叶
再不济可去古老的黄桷树下
花溪与黄桷树在空中形成直线距离
我脱下雨披的时候，翻一翻
天上是一朵白云

2022.8.21

一架破旧的水车正在榨干山河

1

无边的油菜花是这里最高的建筑物

再高一点的地方是落日

如果把梯子搬走，树林便在云端

不稳定的因素暗藏在河流中

放蜂人的帐篷大于蜂巢

事物沿着自然秩序更迭

油菜花重复了一遍去年的身世

2

森林深处的木屋，一半倾斜

一半支撑着

仿佛一群背离人烟的事物

又背离了自己

还是将一些事物想得善良一些

风将无人过问的松子从松塔中摇出来

像屋子里毫无征兆地走出的一位隐者

裹着严严实实的衣服

屋后的一棵椿树

香椿的嫩芽长成树干

原来这里是一间旧庵

每一件事物都有自己的隐痛之处

3

一架破旧的水车正在榨干山河

掌握，是不是手掌之间的意思

津津乐道的宋朝更像一位好好先生

4

爬山的人一只脚趾露在鞋的外面

老茧磨破鞋底。形而上学的悲悯

牧师先于僧人在小县城建起一座教堂

晾晒谷物的架子高于牛羊

桑树叶被蚕食

而蚕，作茧自缚。飞蛾准备扑火

5

森林会失火，去做亿万年以后的煤层
像绝尘而去的修身者
亿万年后端坐在时空的隧道中
仿佛什么都没有发生。煤矿工在底层
的底层，一锹一镐，把历史的字句
掏出来，骨瘦如柴的身体正在喂养
另一个骨瘦如柴的阶层

6

三月的野花
正在变现一粒种子的梦想
有灵性的事物归隐在安静的地方

7

事物的本真没有破绽

时间一直在修改其中的部分细节

名字都是人为的

历史缩小在每一个文字中

文字不会说谎

有些字生性带有卑微的属性

8

历史长河中的每一粒沙子

都是离开了故事情节的孤本

我抱着清晨或者傍晚的炊烟活在人间

2022.8.23